寫作課

陳雪給創作者的12道心法

陳雪 著

序

想要相信自己，你得為自己付出

寫作至今，我經歷過幾個很艱難的時期。

最早是一九九八年因為工作太忙無法寫作導致精神崩潰，後來我去做了半年的心理治療，那時醫生不斷地告訴我，我可以離開家，可以辭掉工作，公司沒有我不會倒，家人也不會因為我去寫作而倒下。醫生反覆地對我說：「對家人跟工作來說，妳都是可以取代的，但對於自己的生命，妳是不可取代的，妳的寫作只有妳自己可以去做，不寫作的代價也只有妳自己才能背負。沒有活出自己，妳會失去生命力，妳的憂鬱、悲傷、沮喪、無力都是因為沒有辦法成為自己。一旦失去生命力，妳也無法好好照顧家人，必須先把自己照顧好，才能夠做好一個女兒。妳必須先成為自己，才能為他人負責。」

那些話聽起來很有道理，可是當時的我無法做到，我只要想到我一離開家，媽媽就會生病，爸爸就會日以繼夜沒命似地工作，公司可能會跳票、倒閉等等，越想越怕，越邁不開腳步。

結束半年療程，我沒有康復，但我得到一個非常珍貴的體會，就是，我是個寫作者，我有能力靠寫作療癒自己。醫生能為我做的都做了，最後還是得靠我自己去執行。那個離開家，走向寫作的路，我得自己抬起腳，親自走出去。

從走出精神科結束最後一次療程，到我真正離開臺中到臺北定居，又過了快三年。中間我做了很多事，包括自己找各種憂鬱症、焦慮症，以及創傷症候群等書籍來讀，包括我完成了一本關於創傷與復原的長篇小說《惡魔的女兒》，包括我終於可以為自己找出每個晚上兩三小時的時間寫作，這些事都讓我即使仍處於高壓工作狀態下，卻沒有失去信心，還保持著將來我有機會可以專業寫作的確切信念。

想要相信自己，你得為自己付出。

來到臺北後，第二個難關，是心裡的罪惡感。

爸媽時常打電話跟我調錢，公司的營運也因為惡性競爭開始走下坡，合夥人的不當投資方式也導致公司營運雪上加霜，我很自責，如果我還在公司，可能不會讓情況那麼糟，但是我選擇了遠離，公司的情況後來很糟，所以我一直努力賺錢想要填補爸媽的虧損。但那時我只是專業寫作，又能賺多少錢呢？可是這股想要幫助家人的心意，讓我成為了勤奮的作家以及效率極高的寫手。我成為了一個有兩張面孔，兩種生活型態的人。我一方面勤懇樸素地讀書寫作，為了書寫長篇小說幾乎放棄所有娛樂社交，另一方面我積極地接案，做各種可以賺錢的文字工作，我寫採訪、專欄、邀稿、自傳、演講、評審，我以驚人的效率在寫作之餘拚命賺錢。

可是夜裡，我總是睡不好。下雨天，颱風天，我總是因為擔心爸媽的身體而自責內疚。我擔心一切都是我的錯。

那時我又去看了一次精神科，也做了心理治療，可是我感覺到這些事我得自己想通，我只能自己走出來。

當時最能夠安慰我的，只有專注在自己的寫作中。那段時間，我一直記得醫生說的話，我是在為自己而活，我得活出自己，否則我會發瘋。

擔憂自己因為無法寫作而瘋狂的恐懼時常籠罩著我，但也形成了我的保護傘，我知道我得保護我的寫作，因為那就是我的生命核心。

二〇〇二年到二〇〇九年，非常漫長的時間裡，我交出了四本長篇，那些都是我寫過非常重要的作品。可是說實話，市場反應不好，也沒有獎項加持。讓我可以一直寫下去的，是我對自己的信任，因為除此之外我一無所有。即使別人不看好，即使沒有掌聲，即使你做的事看起來好像不孝順，你走出了舒適圈，你為了超越自己，做了別人無法理解的改變，這條路非常孤寂，如果你不相信自己，幾乎就別無依傍。

我不敢說我很有信心，可是我每次看到自己的長篇出版，無論它賣量多少、評價如何，我都深深地知道，為了寫出這本書，我付出了多少，我已經盡了全力。

二〇〇九年，當時我因為罹患自體免疫病，已經無法工作跟寫作了。有一天出版社的姐姐打電話給我，說我的《附魔者》入圍了金典獎。我掛掉電話，默默地哭了。那時我被女友背叛，身患怪病，是人生最悲慘的時候。我心裡知道，我不會得獎，我最多就只能入圍而已，可是那個感覺就像是你一直在黑暗中默默地走路，終於有一盞燈為你亮了，即使那個光亮也只是一下子而已。但那彷彿是神在告訴我，走下去，即使你沒有得到祝福，你也要祝福你自己。

後來阿早出現了。我們重逢了。那可能是我悲慘坎坷的生命裡最好的禮物。二〇一一年我終於也寫了超過十本書。

二〇一二年開始，我慢慢體會到，我一直努力寫作，靠著一本一本長篇短篇累積出了一條長河，那條河承載著我，帶我去了很遠的地方。

無論生命際遇好壞，我總是靠著寫作讓自己穩住，寫作就是我腳下的一塊土地，不管多麼小，我都可以靠著它站立。

我總是告訴我的年輕寫作朋友們，寫下去，為你自己累積作品，這些作品即使短時間無法回饋給你金錢或榮耀，但，給它時間，它會守護你。它會成為你心裡最堅實，別人無法奪走的一塊寶地。

到了現在，我真切地感受到，我所有的作品，都在這個世界裡成為了我的堡壘。有時，它也成為了某些讀者心裡的避風港，無論多少讀者，每一個人的回饋都讓我感動。

後來的我，有一個習慣，我常常感謝自己，謝謝我沒有背叛自己，我有好好地活出自己，我有真切地為自己爭取到寫作的時間，無論世事怎樣變化，我不跟別人比較，我走自己的路。我時常感謝自己，沒有被耳邊的噪音干擾，很多人對我指點或指教，我沒有讓它影響我，那是我可以為自己做得最好的事。

你可以為自己做些什麼，你內心最清楚。倘若現在還不清楚，那麼，請時時傾聽自己，請在必要的時候，相信你內在的聲音。

唯有活出自己，成為自己，並且走出你自己的路，那才是你真正該去的方向。

相信是需要實踐與學習的，但你一旦學會相信自己，你就擁有了守護自己最強的力量。

目次

輯二：用最低的現實，成全最多的理想——給創作者的10個建議

輯三：自由工作者接案指南

輯一：

即使一無所有——我的創作之路

現實與理想之間

因為想要寫小說，大學畢業後，我沒有像其他同學那樣去當老師或者做編輯，我當時可以想到對於寫作有幫助的工作，就是去做服務業。我做過服務生、店員、售票員、KTV服務生，當時那些工作跟現在的服務業一樣，薪水不高，又累又忙。一開始我也還看不到那些工作對於寫作的幫助，我感受到的只有父母對我的失望，他們不懂為什麼把女兒千辛萬苦養到大學畢業，最後卻跑到夜市賣衣服。當時父親曾經很難過地對我說，早知道這樣，妳根本就不用讀大學（我小學還沒畢業就會賣衣服了）。

我在夜市賣衣服，到各地送貨，我曾經在夜市裡被讀者認出來，問我是不是陳雪，我當然立刻就否認了，並不是覺得賣衣服可恥，而是我毅然地把寫作的陳雪跟現實生活裡的我分開，不如此的話，我好像沒有辦法對抗生活帶來種種對於寫作的「反對」。

我出書是用筆名，就是不希望被家人或親友發現我在寫作，更不希望他們去讀我寫的書，我想要保持絕對的自由，因為我知道我正在寫的是離經叛道的作品，我想要保護我的寫作，唯一的方式就是假裝我不是陳雪。直到二○○五年出版《陳春天》時，當時報紙副刊刊登了一張我的照片，我去送貨時，書店的老闆問我，陳小姐，妳是不是報紙上那個某某？當時我依然搖頭堅決否認。

那時我已經到臺北寫作兩三年了，每個月我都還是要回臺中三四趟，去南部或東部出差送手錶。

有一天我回到爸媽家吃飯，媽媽突然很神祕地把我拉去茶几邊，我看到玻璃墊下面墊著一張報紙，遠遠我就看到自己的臉在那兒，還是那張副刊的報紙，媽媽沒有多說，但看得出，她好像終於知道了我在做什麼，寫作可能不是一件壞事。

從一九九四年積累到二〇〇二年，我覺得不管是經驗上或生活上都到了可以專業寫作的時刻了。我決定不再等待。

二〇〇二年搬到臺北之後，我決心給自己三到五年的時間，希望寫三本長篇，我下了這個決心，就頭也不回地開始寫。完成並且出版三本長篇，是我給自己的第一階段目標，這個階段先熬過去，再考慮要不要去上班。

專職寫作第一年，我大部分的工作都是寫旅遊跟採訪稿，二〇〇三年，我先出版了一個短篇集，後來又在代筆寫傳記以及各種採訪稿之間，寫出了《橋上的孩子》。二〇〇四年出版了《橋上的孩子》之後，我逐漸感覺到自己好像成了一個被認定的作家了，那時我開始寫專欄，也開始會被邀請去做文學獎評審，有一些演講的邀約，但我依然需要接很大量的邀稿，遇到有稿費較高的約稿，無論題目多麼奇怪，我都會試著寫寫看。

獨居的我，生活過得非常簡樸，每天早上吃一片吐司配一個煎蛋，喝一杯沖泡的黑咖啡，午餐買住家附近六十塊錢的簡餐便當。晚餐我自己煮麵，買一大包關廟麵，一片麵餅配上一點豬肉片，大量的青江菜或高麗菜，有時犒賞自己，就加幾尾蝦子煮成蔬菜麵。水果我只買非常便宜的柳丁以及一百元八個的蘋果，那時為了省錢，我從來不去咖啡店，就在家裡寫作，因為那樣既可以節省咖啡的錢，也可以省下用餐的費用以及車費。因為幾乎不社交，也沒有參加什麼應酬，那時我根本不會化妝。

我日復一日就是這樣生活。每個月給家裡寄一點錢，能存下的一點錢我都存著，因為家裡總是臨時會打電話來要個兩萬三萬的，總有那麼多突然降臨的災難，需要這些錢去抵擋。

那時我怕嗎？我沒有時間去害怕。

或許因為自己已經設定了目標，就是三到五年寫三個長篇，所以那個時間裡只想著賺到足夠生活費，以及不停地寫作。

中間最難的時候，就是弟弟出車禍的那段時間。弟弟還在加護病房時，我做過最壞的打算，倘若往後的復原需要很漫長的時間跟大量金錢，我可能必須要去上班賺錢了。幸好弟弟一個月後就回去上學，我又回到了自己的房子裡，繼續寫作。

寫完第二本長篇《陳春天》之後，我感覺自己需要改變，具體要怎麼改變我也不清楚，中間先寫了一本《無人知曉的我》，那時我好像沒有把這本列入三本之中，或者該說，我已經忘記了三本之約，已經認定了自己可以一直寫下去。二〇〇九年我出版了《附魔者》，那本書入圍了幾個重要的獎項，不過一個也沒得到。但那時，我知道自己已經無須再證明什麼了，我就是一個小說家。

我想說的是，如果我不是一開始就硬著頭皮往前衝，如果我不是接連寫出了《橋上的孩子》以及《陳春天》這兩本重要作品，而是一直在擔心沒有錢活不下去，擔心自己不受肯定，擔心自己沒有足夠的才華，或者各種莫名的憂慮，倘若我把時間跟心力都拿來擔心以及害怕，我想，以我當時的力量，或許根本就不足以對抗現實那麼巨大的壓力，早就放棄了寫作。

在理想與現實間，人們總是難以抉擇，但我認為有一種可以兼顧的方式，就是採取最低的現實，去成全最多的理想，不是要你活不下去，而是可以活得簡樸一點，單純一點。如此一來，你不需要花更多力氣去擔憂未來，也不用花力氣去跟別人比較，因為你有你的目標，你有自己的標準跟時間感，你有你自己的價值觀，你保護著自己的心，保護著你想要做的事，粗茶淡飯不以為苦，因為你的每一天都非常充實，你在這個向上天爭取來的幾年裡，每一天你都在靠近自己的目標。

很奇妙的是，隨著作品的誕生、出版，以及隨著你為自己打造的文學世界越來越充盈，那個滴答滴答的倒數計時，不自覺就被打破了。

原來你不只擁有三年、五年，還可以擁有更多。我就是這樣一直寫到了現在。

但前提是，你比誰都努力地在奔赴自己的理想，你敢做很大的夢，因為每一天你都在實踐它。

這些都是因為前面已經累積了那麼多，我用作品搭建起的臺階，讓我一步一步走到一個更自由自在的地方。我幫自己爭取到了各種轉圜的空間，也學會在現實與理想之間更多的平衡，可以過著稍微寬鬆一點了。

我想要對許多即將四十歲的年輕作家朋友們說，不要害怕四十歲的到來，不要擔憂地去數算日子，只要你扎扎實實地去寫，認真度過每一天，用你最好的作品去迎接它，那麼四十歲會成為你豐收的時刻。等你交出了代表作，你會看到完全不一樣的世界，就算沒有交出代表作，如果你真的切切實實地寫著，你也已經在前往它的路上了。

為你點一盞燈

我用作品搭建起的臺階，讓我一步一步走到一個更自由自在的地方。我幫自己爭取到了各種轉圜的空間，也學會在現實與理想之間更多的平衡。

紀律的養成

我不是生來就有紀律的人，我從小就愛玩，上課根本坐不住。學生時代，我的暑假作業都是最後一天才寫，老師交代的功課總是到學校時才匆匆忙忙亂寫，高中時代每次小考，我都是最後一分鐘才匆匆翻書，功課總在及格邊緣，大學聯考也是最後兩個月才自願搬到嘉義外婆家苦讀。

我是到了開始寫小說之後，才變成一個努力的人。大學時代我很少上課，幾乎都在讀小說，大三開始寫小說，一寫就不能停，時常熬夜，那時候寫一個短篇小說，醞釀幾個月，寫出來只要幾天時間。我曾經是那種靠靈感寫作的人，也自信可以在很短的時間寫出作品，但我開始寫長篇之後，就全然放棄那種靈感式寫作方法。

寫作這件事，你有多愛它，你就多願意為它改變自己。把自己變成一個適合寫作長篇的人，我花了好幾年的時間練習。

一九九九年我開始寫《惡魔的女兒》是利用每天工作完睡前的兩小時寫作，每天每天，持續不斷，當時時間對我非常寶貴，能寫一點是一點。八個月過去，我也寫出了十萬字的長篇小說，那是我第一次感受到原來就算是一邊工作也能寫作，每天幾百字，一個月就有上萬字，這個發現讓我感到振奮，過去那種因為工作無法寫作的焦慮找到了出口。後來的兩本小說，都是在工作的空檔，一週找兩三天寫出來的。

二〇〇二年到臺北專業寫作之後，所有時間都是自己的，卻也感受到前所未有的壓力，經濟壓力、寫作壓力，排山倒海而來。

那時我第一件開始做的事，就是買一臺收音機。我小時候就有聽收音機的習慣，我的住處也有父親給的全套音響，但收音機對我來說有種私密感，我總是聽愛樂電臺，從早聽到晚，因為那時住的地方就在快速道路旁邊，非常吵鬧，我靠著收音機裡沉穩的古典音樂抵抗噪音。

大概也是那時候起，我發現自己需要把沒有上班的生活理出一個頭緒，否則會非常焦慮。

為了生活，我接了很多文學打工的工作，但那時我就有清楚的認知，我來臺北是來寫小說的，打工賺錢，只是為生活所需。

那時因為感情不穩定，時常為情所苦，與戀人爭吵，也容易打亂節奏。我早早就下定決心，要訂出自己的寫作時間，非常明確地讓別人知道，我不是沒有工作，我也跟上班族一樣有上下班時間，這點需要我自己去證明，否則別人也不會當真。

我總是盡可能先寫小說，然後才寫賺錢的工作，這不容易，因為小說沒有期限，但邀稿卻有截稿日，正是因為如此，我才先寫小說。我很早就規定自己絕不拖稿，因為想要維持好的工作效率，我一拿到工作邀約就會先排定時間。採訪、邀稿、專欄，大概需要多少時間，我會在截稿前就把時間分配好。我每天寫完配額的小說就開始工作，我會切換腦袋，寫邀稿時，會按照稿件要求給予自己不同的標準。我做過很多商業的採訪，旅遊稿、人物專訪，甚至還做過汽車旅館報導。寫那些稿子時，我是寫手，不是創作者，我不要求百分百完美，只要寫到專業就可以，重點是稿子寫得完整、交稿準時，我一直這樣訓練自己。不用寫小說的標準去寫合作稿，我寫起來得心應手，業主也都很滿意。寫那些稿子時我不會糾結，工作一接到，立刻安排行程，逐步完成，如此才不會影響到我寫小說的心情。

我排除寫作壓力的方式，就是去寫它，什麼也不想，直接下筆，寫的時候再想如何解決問題就好。

處理經濟壓力，我另有解決之道，凡是可以靠寫作賺錢的工作，只要價格合理，我能力可及，我都願意去做，希望自己一年賺到三十萬，因為我一年要寄給家人十來萬，剩下的就當生活費。我害怕自己因為經濟焦慮而接下太多工作，總是會預留寫小說的時間，一年大約寫十萬字，我估計需要八個月。從二〇〇三年起，我就開始練習，每天起床第一件事就是寫小說。其實那時打工的工作非常忙，有時出門就好幾天，但我心裡一直想著，每天起床，首先要想的就是小說，不管有沒有在寫，即使只是在腦子裡過一遍也好，我先做了跟小說有關的事，然後再去工作。

那時生活簡約，為了不要花太多時間賺錢，我也盡可能減少花費。為了省下更多時間寫作，我的社交很少，我也習慣於這樣的生活，因為朋友知道我幾乎都在工作，會來往的都是懂我的人。

不拖稿，讓我即使不社交，也有工作可以做。我曾經寫過一個每週專欄，近乎八年的時間，我總是在交稿日前一天就交，有時主編因為其他人缺稿，還會找我幫忙多寫一篇。遇到過年過節，我會提早把備稿寫好，這樣就可以維持稿件的水準，也能讓心情平穩。提早開始工作，也就提早結束工作，可以早一點去寫小說。

訓練自己維持紀律，我覺得有個好方法，就是**你親自嘗試之後，知道這樣結果是好的，是一種回饋，腦子裡就會建立照著這樣做，可以免除焦慮的信心，如此一再重複，逐漸會轉變意識，讓它變成生活的一種方式。**

我會給自己很多回饋，比如，寫好邀稿，就讓自己看一本喜歡的書或電影。我以前很喜歡看犯罪影集，總在完成工作後，夜晚休息時讓自己一次看好幾集。後來我發現，光是把工作完成，就是一種很好的回饋，我會把寫好的字數記在行事曆裡，每天看著字數增加，體會到累積的力量。

另外，每天起床就開始想寫小說的事，這種訓練也是一種習慣，因為精神最好的時候，效率最高，那時你會覺得頭腦清明，靈光很多，即使只是寫幾行字，都覺得字句特別有神。

我是有意識地訓練自己規律，比如明明夜晚我特別有靈感，熬夜的時候，甚至會有意想不到的靈感，但我不去順從這種欲望，因為我認為穩定的生活才有辦法讓我一邊賺錢一邊寫作。我想到的是更長期的計畫，比如一年到兩年的時間裡，如何賺三十萬，並且把一本長篇寫出來。我不會做很細的計畫，都是大方向型的，比如這個月有多少邀稿、幾個評審、幾次演講，我會定好一個量，那時候一個月能夠寫十五天已經很好了，我會很珍惜那十五天的寫作，每一天都充分利用。

紀律聽來無趣，但建立之後，卻會讓人有一種安全感，因為你知道，養成了好的習慣，有助於在意外或低潮來臨時，幫助你安全度過難關。我建立了寫作的紀律，也建立了運動的紀律，讓我不需要想今天要做什麼，我要做的事早就已經安排好，所以我不會隨著情緒起伏，即使有時身體狀況不好，落掉一兩天進度，因為習慣已經養成，很快就可以再回來。

這世間有很多種類型的寫作者，只要找到適合自己的方式就很棒，怕的是自己想要的結果，跟執行的方式是衝突或矛盾的，就很難達成。

我不是為了不上班才選擇寫小說，所以即使寫小說，我也可以讓自己像個上班族。自由自在很好，但我時常在想，鋼琴的鍵盤如果是無止盡的，就無法變成那麼好的樂器，如果我們只是隨手天馬行空地去彈奏它，也無法彈奏出美好的樂曲。寫作亦然，人的時間與體力都是有限的，長篇小說的完成需要大量的時間，所以我願意去製造一種紀律，重複訓練自己，只專注於這一件事，把它做到最好，以達成我想要的自由。就像琴譜與琴鍵，看似規律，卻不是一種束縛，當你找到了自己的紀律與規律，當你馴服了總是想逃避、總是在糾結的自我，你就彷彿找到了自己的樂譜，你重複去練習，直到變成自己的風格，直到你所有的能力，在那有限的時光裡，變得無限自由，直到找到它的靈魂，在你的作品裡誕生。

為你點一盞燈

鋼琴的鍵盤如果是無止盡的，就無法變成那麼好的樂器，如果我們只是隨手天馬行空地去彈奏它，也無法彈奏出美好的樂曲。寫作亦然，人的時間與體力都是有限的，所以我願意去製造一種紀律，重複訓練自己。

寫出來並且寫下去

我覺得寫作最重要的一件事，就是寫出來。是好是壞不重要，先寫出來，然後寫下去，邊寫邊改，邊寫邊成長。

保持一種寫作的手感，甚至手比腦子更快，先寫了再想，邊寫邊調整。我有很多小說都是從一個模糊的概念出發，靠著每天持續摸索，慢慢長出來的。有時棄稿也能在某個時刻被拯救回來。

年輕的時候，身邊都是才華洋溢的高手，我在人群裡很平庸，總是會去看學長學姐的書櫃，看人家讀什麼書、聽什麼音樂、看什麼電影，然後自己去找來惡補。身邊被天才圍繞的感覺非常美好，因為渺小的自己有太多可以學習，我開始學寫小說時，沒被人看好過，我最敬重的朋友看過我兩篇稿子之後，語重心長跟我說：「不要寫了，妳不是這塊料子，我怕妳將來要吃苦。」我當時難過得不知道該怎麼辦，但即使被人這樣斷言了，我還是無法放棄寫作。

大學時，學校文藝社團的老師看過我第一篇小說，直接對我說：「妳根本就不知道什麼是小說。」他說得很對，但我參加社團，就是要學寫小說，不過老師好像也沒辦法給我什麼意見。

後來我想到，要了解想要寫的東西，找出其中最好的作品來看就對了。大量地讀書，廣泛地涉獵藝術。學生時代的我一直在讀書，自己摸摸索索讀了好多書，世界各國經典小說、心理學、精神分析、歷史、美術。也看了好多好多電影，把手邊可以找到經典的作品幾乎都看完了，二十歲我才突然好像開竅了，知道小說大概是什麼了。於是拋棄了過去所有的作品，從頭開始寫。直到現在我五十多歲，我始終維持著讀書看電影的習慣，沒有因為忙碌而減少。

二十歲之後的我，慢慢地，好像不需要有人贊同，也能肯定自己的作品了，我覺得我可以寫出一種很獨特的，只屬於我的小說。我不知道別人會不會接受，但我可以為此奮鬥下去。二十歲時我打算先寫出作品，累積到三十歲，才去想發表或出版的事，我很緩慢地，一年一篇兩篇地寫著，我當時壓根不知道如何才可以出版，就只是寫下去。想要成為作家，最重要的不就是作品嗎？當時我是這樣想的。我就是先寫出小說再想怎麼成為作家。

二十四歲時，因為好友偷偷把我的小說拿去參加比賽，雖然沒得獎，還是得到了出書的機會。幸好當時沒有被好友勸退，幸好沒有因為老師批評就放棄。

我在二十五歲出版了第一本新書，過程就像一場夢。

出版社來找我時，我手上已經累積了好幾個作品，四個短篇一個中篇，中篇寫得不夠好，就先出了短篇小說集。

至今我仍這樣覺得，寫你想寫的，努力寫下去，寫出只有你可以寫的作品，然後不管別人怎麼說，用你可以的方式去養活你的小說，在寫作還不能養活你自己之前，去工作，去歷練生活，只要你不放棄，也可以在生活的夾縫裡找出寫作的時間。

我總是會跟年輕的寫作朋友們說，要成為作家，作品最重要，即使你的速度比別人慢，只要你還是持續在寫著，用自己的速度寫出來，寫作就不會遠離你。

或許短時間內你會看到很多人比你活躍，比你受歡迎，比你得到更多榮譽與名聲，但不要因此動搖，你要走自己的路，不用去仿效別人，每個人有自己的命運。不要抄捷徑，不要短視，你所擁有的一切才能，都要灌注在你的作品裡。要把根基打好，踏實地練習，把基本功練好，什麼潮流風尚的，都不長久，只有找到自己的路，走下去，那才能夠保護你一輩子。

寫出來比寫到最好更重要，唯有一直寫下去，才有可能靠近你心中真正想要的。不要為了完美主義而遲遲無法下筆。只有寫出來的稿子才是屬於你的。

唯有寫下去，寫作才會成為你生命的核心。

唯有能夠繼續寫下去，寫作才會是你的專業。

唯有一直不斷地寫下去，你才會是那個抵達了終點的人。

為你點一盞燈

你要走自己的路，不用去仿效別人，每個人有自己的命運。不要抄捷徑，不要短視，你所擁有的一切才能，都要灌注在你的作品裡。要把根基打好，踏實地練習，把基本功練好，什麼潮流風尚的，都不長久，只有找到自己的路，走下去，那才能夠保護你一輩子。

讓寫作成為習慣

我第一次體會到寫作可以變成一種習慣，是在二十六歲的時候，那時我已經出版了第一本短篇小說《惡女書》，那本書是在我大學畢業前後兩年，在各種打工之餘寫出來的，後來為了生活，我開始跟女友在夜市擺地攤賣衣服，生活變得無比忙碌，女友滿心以為賺夠了錢，就可以幫助我好好寫作。

過了一年多，我發現根本沒有所謂「賺夠了錢」這一天，存了十萬，想要存二十萬，存了二十萬，女友更捨不得放棄生意很好的攤位，還多跑了更多場子。我記得那是一個深夜，我們下午去黃昏市場，晚上又趕去夜市，收攤回到家，我還得餵狗、掃地、算帳。女友喝完啤酒去睡了，我在租來的房間裡發呆，現在我們比較有錢了，可是我們還是住在很破的房子，我連一張書桌都沒有。我想到之前在餐廳打工時，都還能趁著休息時間，趴在茶水間的桌子上寫小說，為什麼現在什麼都不能寫了？

那時朋友剛送我們一臺二手電腦，第二天，我要求女友帶我去大賣場買了一個九百九十元的組合電腦桌、一張電腦椅，我在房間一角給自己布置了一個寫作區。那時我還不太會打字，就開始一字一句練習，我擁有的時間不多，就是工作回家後，女友在看電視休息時，我躲在房間裡打字。我永遠記得我那時寫的小說，就是後來改編成電影《蝴蝶》的那個短篇，那也是當時我所寫過的最長的小說，三萬字。我不記得我花了多久的時間寫完，可是我記得，每天晚上，不管回到家是幾點，我洗完澡就去寫，一小時也好，兩小時也罷，寫完就去睡覺，即使第二天早上我得早起去菜市場賣衣服，也沒有停止。

那是我第一次發現，時間是可以偷出來的，養成了習慣，不寫就好難受。後來我不只在回家的時候寫，我連在黃昏市場擺攤，也可以拿一本筆記，在一旁的攤位上寫作。「習慣」變成一個宣示，我是在寫小說的人，就算我看起來是個夜市小販，但我在寫作這件事種在我自己心裡，表現在我的生活裡，時間到了我就要寫作，我用行動向女友證明，沒有存夠錢，我也要寫小說。

當時我有點名氣，但因為人不在臺北，也很少出席什麼活動，我並沒有自己是小說家的意識，也很少這樣介紹自己，我只是喜歡寫小說，一心一意只想寫作。

以前的我，從沒想過有一天我可以真正以寫作維生，並且生活裡大多數的時間都在寫作。

很多人可能以為我是因為自由或者沒有後顧之憂才可以這麼做，但事實不然，我會一直寫作，就是因為我很窮，我有龐大的生活壓力，我除了得養活自己，還得照顧家人。是這層壓力讓我從開始寫作時，就非常珍惜所有可以寫作的時間。我不但勤於寫作，也要求自己一定要累積出書量，以前的我，大約兩年一定要出一本書，即使版稅收入不高，但累積作品是重要的。那時我就有一個直覺，我既沒有人脈，也沒有得獎，更沒有獲得長輩提攜，沒有什麼人給我加持，我唯一可以依靠的，就是自己的作品。即使那時讀者也不多，不知為何，我就是相信只要我繼續努力認真地寫，把作品寫好，這些作品會變成生命的臺階，會帶我到任何想去的地方。

在臺中的時候，我一邊賣衣服一邊寫作，送貨的時候，我在貨車上構思小說，在深夜裡熬夜寫作，我沒有認真去盤算寫作跟工作哪一個更值得投資，我想要寫作，我就盡可能找時間出來寫。

搬到臺北後，我度過了一段很艱辛、很孤獨、很漫長的時光，那時候，我懷疑過自己。每年冬天，只要下了雨，寒流來襲，我總會因為想到父母在風雨中擺攤做生意，自己選擇了寫作，沒有多賺一些錢而感到自責，可是這個想法也無法動搖我想寫作的心。我內心深處有個強烈的聲音在告訴我，走下去，雖然暫時不會看到成果，但只要走下去，我可以把這條路走通。

我是個非常容易養成習慣的人，因為我的選擇向來不多，時間總是那麼少，有那麼多事情得做，我把所有想做的、要做的事，都安排進我的生活裡，使之成為習慣。醒來第一件事就是寫小說，寫完小說就去寫賺錢的稿子，寫完稿子就去看書，這些事都做完了，就可以去散步、看劇看電影聽音樂，剩下來的時間都是我的。

養成先做重要的事的習慣，讓它就像吃飯呼吸一樣。想要成為作家，有一條很簡單的道理，那就是，寫作是你最重要的事，認定它，把它內化成為你生活的一部分，而且是很重要的部分。唯有在寫作的時候，你才是作家，就這麼去想，去實踐。

寫作並非只是打字，處在寫作的狀態也可能一個字也寫不出來，但是，每天、每週，或著每個月，找出一段時間給予寫作，安靜地坐下來，面對你的稿紙或電腦，啟動想像、記憶，或者什麼你習慣啟動的方式。靜下心來，這是屬於你與寫作之間親密的時間，倘若我是在小說初期，我可能會任自己隨意構想，小說篇名、書名，或者人物名稱，或者做一些練習。寫《摩天大樓》之前，我給自己一個功課，就是寫人物素描。我寫了接近一百個人物，這一百個人物在那本書裡很少用上，但對後來的小說卻很有幫助。有時我會試著速寫一條街景，憑著記憶還原，一間便利商店的擺設、一條宵夜街的攤位，甚或就是我家樓下黃昏市場的巷弄，我沿著記憶慢慢摸索，用文字還原眼睛裡看到的景象。

寫《你不能再死一次》的一整年裡，有很多難熬的時光，但就算是撞牆期，時間到了，我也還是去電腦前坐著。小說寫得不順時，我會捨棄劇情，寫一些小說外緣的東西，比如就先寫宋東年的長相，寫李海燕小時候跟丁小泉的小故事，或者寫一些根本就用不到的空鏡頭，讓自己對這個小鎮有更多了解。

這些練習都可以在每天寫作沒有靈感的時候，幫助你進入寫作狀態。沒有人規定你一定要寫什麼，就是寫寫看，讓自己與文字產生關係。有時，今天狀況無論如何都寫不出來，我會跳出原本寫的小說，去練習寫對話，寫五百個字的對話，寫著寫著，很奇怪，文字總是會給你些什麼，有用的沒用的，那是思想無法做到的，屬於文字的魔力。就算什麼都沒有吧，敲敲打打，今天有寫字，就是有寫作。

有些人會在寫不出來的時候去看書，我的建議是，寫作的時間最好就寫作，即使寫寫日記也好。因為看書實在太快樂了，看別人寫的好書，遠比寫自己那本寫不出來的書快樂太多了，那麼，你就會更加遠離自己的書了。坐著發呆也好，隨意敲打鍵盤也好，放任自己無意識地自動書寫也好，就熬個一小時，不用多。熬過這一小時，就像運動員在練球一樣，你就是多練習了一小時。更重要的是，你又為你的寫作多努力了一小時。

養成習慣，那就是給自己預定的寫作時間，應該寫作的時間你總是在寫作，無論有沒有在上班，無論是不是專職寫作，讓寫作成為你生活的一部分，成為一種習慣，一種態度。想上網，想出門，想跟朋友聊天，你會想著：「我先寫一下東西再說，等我寫完之後再去做那些事。」把這念頭種進你心裡，因為寫作比其他事更需要你。

你把寫作當作生活的第一順位，你不計寵辱得失，沒有精明算計，像對待最心愛的人那樣對待它，你承諾要與它同甘共苦，不離不棄，你承諾願意為了它變成更好的人，寫作回報你的，或許不是豐碩的金錢，也不是顯赫的名聲，而是慢慢你會練就出一種職人的才能，一種內行，不與他人比較，對自己的了解。你內心深處會知道，今天的你，又比昨天的你更精進了一點，你又更靠近了創作這件事，也更接近了正在成形的自己。

為你點一盞燈

養成先做重要的事的習慣，讓它就像吃飯呼吸一樣。想要成為作家，有一條很簡單的道理，那就是，寫作是你最重要的事，認定它，把它內化成為你生活的一部分，而且是很重要的部分。

真正的堅強

有時阿早會笑著說，太太，妳好有活力，妳好喜歡工作。

我真的是工作狂嗎？我為什麼一次做那麼多事也不覺得累？

我猜想，是因為我以前過得太苦了吧，相較於過去的辛勞，與寫作相關的每一件事都像是在享受。對我來說，在屋子裡寫作、看稿、開會，尤其是動頭腦的事，相對來說都是我擅長也喜歡的，大多數時候我都做得很投入也很快樂。

剛出第一本小說《惡女書》的時候，我還在夜市擺地攤，因為作品爭議，銷售也不錯，我似乎在臺北的文化圈有一點名氣，我生命中第一次舉辦新書發表會，是在女書店，那時我什麼也不懂，當時的女友開車帶我到了臺北，我們按著地址來到女書店，走上二樓時，樓梯上擠滿了人，我還想著這家書店生意真好。進了店裡，要走到後面演講的地方時，我才知道，滿屋子的人都是來看「陳雪」的，大家都想知道是什麼樣的人寫出《惡女書》那麼爭議又大膽的小說。演講時我很緊張，我一緊張就要講笑話，我不太理解一般人講話的尺度，可能講了很多又色情又好笑的話吧，觀眾提問時，很多問題我都聽不懂，還要請讀者再次解釋。

現場我簽了一些書，也有讀者寫信給我，我感覺一切都很夢幻，非常不真實。

但回家後，我依然每天去市場賣衣服。那時的女友跟我說，我們努力賺錢，存了三十萬，妳就可以好好寫作。我總是很好騙，滿心以為拚命賣衣服存錢，就可以存到將來的寫作時光。我們每天到夜市擺攤，後來下午又去黃昏市場做生意，有時候還得趕早上的菜市場。那時年輕，曾經為了搶菜市場的位置，夜市收攤後就趕到東勢去，夜裡就睡在車子上。我從小就會失眠，所以一整晚都望著車窗外的黑夜發呆。

出書後開始會有一些演講的邀請，有一次我去東海大學演講，隔天晚上去東海夜市擺攤，我照例站在椅子上，腰上掛著霹靂袋，拿著麥克風叫賣。夜市人潮洶湧，我們攤子生意非常好，突然有人拉著我的衣服問，請問妳是陳雪嗎？我當下反應不過來，就冷著臉說，不是，妳要買什麼快點說。那是兩個年輕女孩，她們搖搖頭走了，臨走前我聽到她們耳語著：我也覺得不可能是陳雪，她怎麼會在這裡賣衣服？

我一點也沒有覺得自己是「寫出爭議小說的作家陳雪」。我知道有些人在研究我的小說，也有許多讀者喜歡我的書，《惡女書》很快就二刷三刷，還出了香港版，但是那時我根本感受不到自己的作品受到喜愛，好像一切都與我無關。

晚上用朋友送的二手電腦一個字一個字打出來，完成了後來改編成電影

《蝴蝶》的三萬字短篇小說。加上之寫的幾個短篇，出版了《夢遊1994》，這次書出得低調，也沒有引起爭議，我在一次送貨到彰化還是虎尾的書店時，在平臺上看到自己的書，那本書看起來孤單無依，非常脆弱。

之後就是一段幾乎無法寫作的時光。

我自出第一本書開始，就一直不缺出版的機會，雖然沒有作家的自覺，也不知道讀者在哪，但我知道只要我把書完成，就可以出版，可惜那時候我缺乏的是寫作的時間。我們存到幾十萬之後，女友就跟我父親一起開了公司，父親再度舉債投資，就因為他覺得我是做生意的奇才。我不但擅長吆喝叫賣，還很會推銷東西，我們做鐘錶寄售，需要找寄賣的廠商，我從小就是使命必達的性格，父母要我做什麼，女友要我做什麼，我都拚命做到。也是因為這種個性，讓我像搭上了一輛失控的列車，公司加速運轉，我們忙得日以繼夜，我心裡覺得有什麼怪怪的，但一切都太遲了。

痛苦的是，明知道自己想要什麼，卻總是做著自己不想要的事，而且那些不喜歡的事我都很擅長。我可以輕易地賣掉東西，可以招攬店家，可以做很好的業務。我從小就被當作是會賺錢的孩子，長大後也變成了夜市裡銷售能力很好的小販，是公司裡的超級業務員，但我一心只想要寫小說。

這真是奇怪的事，我父母就是為了擔心我寫作沒有前途，才開了那家公司，可是他們拚命湊到兩百萬的投資，卻將我送進了一條可能導致我精神崩潰的不歸路。

前前後後，我逃家過兩次，憂鬱症治療了好久。因為創業的負債，加上跟女友感情交惡卻無法切割，好像我只要離開公司，公司就會倒，爸媽就會再度破產，我根本沒辦法背負這個代價。可是如果留下來，我就得日日夜夜做著我不願意做的事。當時壓力太大，每個月要支付的票款就高達好幾十萬，工作是連一天也不能休息，女友每天靠著啤酒買醉紓壓，我則讓自己變得麻木，麻木到看著臥室裡的書架，書架上的書，連書名我都看不進去。

我後來甚至覺得，可能只有死，才可以離開那份工作。

我內心的痛苦很難對他人說明，開了公司當老闆，生意很好，只要繼續努力，很快就可以賺錢，可是我們每天忙得連說話的時間也沒有，想要找個時間去看場電影，看一本書，都不可能。我知道創業開始總是最難的，他們都說熬過幾年，就會變好了，可是我時常覺得一天也熬不下去，我已經熬太久了。

我花了好多年的時間才真正離開那份工作。

這段回憶我寫過很多次了，但每一次想起來，那種幾乎是刻在心裡跟身體裡的痛苦，還是會再一次侵襲我，這些年裡不知道有多少次，夜裡作夢，夢到自己在擺地攤，更可怕的是，夢見自己又坐在貨車上，不知道要去什麼地方，我會在那樣的夢裡因為自己又回到了過去而感到驚惶不已。醒來之後還會難過很久。

寫完《少女的祈禱》，我深刻體會到，有些生命的傷痛是不會痊癒的，你只是找到了一個與它相處的方式。有些惡夢還是會一直回頭來找你，在惡夢裡，你還是依然那樣痛苦，可是我再也不會為了逃避痛苦而四處逃竄，到處躲藏，也不再為了躲避傷痛而麻木自己，甚至刻意地遺忘。我知道真正的堅強不是不會痛苦，而是你還會感受到痛，可是你願意勇敢面對，即使傷痛反覆出現，但你依然擁抱生命，願意為了好好活下去而努力奮鬥。

為你點一盞燈

真正的堅強不是不會痛苦，而是你還會感受到痛，可是你願意勇敢面對，即使傷痛反覆出現，但你依然擁抱生命，願意為了好好活下去而努力奮鬥。

照亮絕望的眼睛

很多人以為我很強大，但其實我只是比較努力。三十年寫作生命裡，有很多次都幾乎維持不下去，可以維持得下去除了堅持，也是因為生命中遇到了很多貴人，這些人在危難時保護了我。

小時候顛沛流離，吃過很多苦，在市場長大的我很會做生意，卻一點也不世故。我有限的能力好像就只能顧著賺錢還債，養活自己，掙扎求生，就顧不到其他了。阿早說我很白目，對人際關係一竅不通，他近身觀察，想必是真的。

以前朋友來找我，我總是要他們自己帶吃的或喝的東西來，因為我住的地方，冰箱打開只會有雞蛋吐司跟蔬菜，我從來不買飲料或零食，真的是一點可以招待朋友的東西也沒有。我的少數幾個會往來的人，就是自己會買便當來我家，可能還順道幫我也買一個的那種好友。

以前住套房的時候，有個好朋友住在附近，他每次路過我家樓下，都會幫我帶一些食物，有時是麵包，有時是冷凍水餃，還有我買不起的水果，他總是會說：「雪啊，我把東西放樓下管理員那兒了。」有時，我連下樓跟他見面也沒有。

那個好友，會在大家聚會的時候，默默地幫我把該分攤的餐費付掉，如果不是因為有他，聚會餐費動輒五六百的，我應該就不會參加。

我談過很多戀愛，最後總是因為無法相處而分開，可是那些戀人，也都成為我生命裡某一個階段很重要的朋友，因為我鮮少與人往來，那些最後無緣的戀人好像比任何人都了解我，會在我危難的時候出手幫我。我們很少見面，但每次見面，都還是那麼投契，當不成戀人，一般說來都是因為我的緣故，可是那些情誼好像變成了另一種存在，沒有消失。

我從小就注意力不集中，上課總是分心，打瞌睡或偷看小說，我常蹺課，壓根不是個好學生，有過幾個特別的老師，對我格外包容。但影響我最大的，是大學時代的導師，他理解我的怪誕與我的天分，從來不會用世俗的標準要求我，老師讓我知道即使我與別人都不一樣，但仍可以活得坦蕩，活出自己的路。大學畢業後，老師跟師母依然很照顧我，他們在某種意義上就像是我的親人。如果不是老師，我可能大學早就休學，也不會有後來這些寫作出書的事了。

我到臺北之後，生活一直很動盪，要養活自己還算勉強，但頭幾年因為家裡變故很多，時常會需要大筆的金錢，我總是會被那些突如其來的事件弄得精疲力竭，走投無路，所以那幾年我的精神狀態也不怎麼穩定。有困難時我不太會向朋友開口，幸而那時我認識兩個遠在國外的朋友，短暫相識後，我們成為了知己，我心裡的憂傷痛苦，會寫信告訴他們，我們只是寫信往來，難得見面，但他們對我來說就像是樹洞一樣的存在。我無法對他人傾訴的痛苦，會在長長的信件裡對他們傾吐。

那時候，我因為憂鬱與失眠所苦，每天擔心著突如其來的債務會把我壓垮，我唯一可以做的事就是拚命地寫作。那時的我，感情、經濟、事業，幾乎沒有一件事是如意的，那兩個遠方的朋友，在很長的時間裡，是我沒有發瘋的理由。每次我家裡出了事，急得快發瘋，他們就會打國際電話來給我，我狂亂地說著好多事，國際電話的聲音遠遠的，那有點帶著雜訊的聲音，他們鼓勵我的話語，或者我們不三不四地開著玩笑，我都不太清楚那段時間裡自己到底說了什麼，可是，我知道他們一直掛慮著我。每次我山窮水盡了，他們就會匯錢給我，買電腦、付醫藥費、繳房租。我知道，如果快活不下去了，我可以寫信給他們，他們會伸出援手，讓我可以抓住一根浮木，熬過去。

他們對我所做的最好的事，就是他們支持我，卻從不要求我做任何事。

有時我會問他們，為什麼對我這麼好，他們總是說，因為你那麼認真在寫作啊，你真的非常珍貴啊，你所做的就是我們想做而沒有去做的事，你要記得啊，你真的很重要，你做的事很重要，你寫的小說很重要，你好好活下去很重要。

那些話就像催眠一樣，一句一句在耳邊迴盪，有些落在心裡，生了根，牢牢地，逐漸開始生長。

那些年裡，我總是會聽到有人這樣對我說，不要擔心活不下去，真的有問題了就告訴我。老師時常笑著說，來我們家，至少也還有一碗麵可以吃。

二〇〇八年生病的時候，我感覺世界傾斜了，二〇〇九年我跟當時的戀人分手，病情加重，我覺得眼前一黑，末日或許要到了。我記得媽媽有一次打電話跟我調錢，是三萬塊，我戶頭裡大概剩下五萬吧。生平第一次，我把我真正的狀況對家人說，我跟媽媽說，我等下匯錢給妳，不過我要先說一下，我生了一種怪病，可能不會好，也不知道以後能不能繼續工作，以後有需要錢，我可能沒辦法了。說完這段話，我不知道該說什麼了，電話裡沉默了很久，我聽媽媽低聲啜泣，她問我，有沒有人可以照顧妳。

我突然覺得感受太親密了，我怕我會哭出來，我說有啦，有人照顧我，不要擔心，然後就掛掉了電話。

那年冬天，我的那兩個朋友，他們請一個阿姨每週三次來幫我煮飯打掃，阿姨來照顧我，讓我有餘力去看醫生，兩個月後，我一點一點恢復生活自理的能力，度過了那個最危急的寒冬。

那時候他們一直對我說，沒有寫作也沒關係，你只要好好活著就好。我們只是希望你快樂。

他們沒有計較我是個只顧著寫作的瘋子，我得到了別人的好處，也不知道怎麼回報，我只能拚命地寫作，我只能想著，或許我把小說寫出來，就是一種回報的方式。這些朋友們，從沒有對我有任何要求，我就是連最基本的社交，都很少做到，他們好像一直在向我證明著一件事，我只要好好寫作，好好活著，就可以了，我不用刻意做什麼，我就是一個值得被愛的人。

很少流淚的我，每次想到他們，總是想要流淚，但願有一天，我也可以成為他們那樣的人，可以挽救別人於危難之中，可以無私地去愛那些最需要的人，這世間有這樣的愛，可以照亮最深的黑暗，照亮絕望的眼睛，因而可以生出美麗的作品，那就是文學。

為你點一盞燈

但願有一天，我也可以成為他們那樣的人，可以挽救別人於危難之中，可以無私地去愛那些最需要的人，這世間有這樣的愛，可以照亮最深的黑暗，照亮絕望的眼睛，因而可以生出美麗的作品，那就是文學。

為何而寫，為誰而寫

寫作那麼多年，最開始真的什麼也不想，就是喜歡寫作時那種沉浸在自己世界裡的時光，喜歡自己創造出一本小說的每個過程，喜歡看到一無所有的自己，竟然可以憑空創造出一個作品，那種富足的感覺。

大學剛畢業時，我度過一段非常慘烈的日子，家人不同意，朋友不理解，沒有得獎，沒有任何人脈，甚至自己也還不想發表，為了寫作不去從事文科畢業生可以做的文職，反而輾轉在各種勞力的工作裡。我當過服務生，做過KTV伴唱，賣過電影票，擺過地攤。人生最慘時，我還去住家附近的檳榔攤工作過，那家檳榔攤我印象很深，店裡沒有檳榔西施，老闆跟闆娘都不吃檳榔，老闆是因為父親身體不好，才繼承這個攤子。我那時不會打扮，總是素著一張臉，瘦巴巴一雙手在那兒剖檳榔，有時客人會消遣我，說我的檳榔剖得很歪，但是吃起來味道還是不錯。那時我剖檳榔剖到大拇指都發炎了，當時的戀人看到我的手傷，叫我不要再去做那個傷手的工作，我記得他是這麼說的，妳的手很寶貴，應該用來寫作。

其實每個人的手都很寶貴。我對他說。我只是暫時需要這份工作。

我要離職時，老闆問我，妳是不是大學生？我跟我太太都覺得妳有一點特別。我說我有大學畢業，對不起騙了你，面試時說自己高職畢業，是因為我如果說讀大學，你不會讓我來上班。老闆笑笑說，那倒是真的。老闆娘還說，如果我沒有騙他們，大家也不會認識。

那天工作結束，老闆跟老闆娘請我吃晚餐，他們買了附近好吃的燒酒雞，我們在攤子上一邊吃著一邊聊天。老闆說，看得出我個性很倔強，他突然溫柔地說，妳啊，以後要去做自己喜歡的事，才可以做得長久。

那時發生過很多不好的事，我常覺得，我想要寫作的熱情是不是一種詛咒，為什麼我不做這件事就會覺得不是自己，我記得那時爸爸很難得地跟我說他的內心話，他說，妳以為我喜歡擺地攤嗎？人也不能只做自己喜歡的事吧？我跟媽媽沒有要妳賺大錢，可是我們都很怕妳養不活自己。

那時我很想問爸爸，那你真正喜歡的事是什麼？如果還有機會選擇，你會做些什麼行業？父親做了自己不喜歡的工作，才養大了我們。但我真心希望自己可以做喜歡的工作，又養活自己。

從小在夜市跟菜市場長大，我沒有因為父母的工作而感到羞恥或覺得不如他人，我很喜歡夜市跟鬧街裡所有辛苦工作打拚的人們，只可惜我內心有寫作的夢想，那大過於所有一切。我不得不聽從內心的聲音，即使知道這樣會吃苦，我覺得我得讓自己親自走過一次，得盡了全力我才能死心。

這一走，走了三十年。我沒有後悔過。

三十年來，我經歷過很多轉折，剛出道時的爭議，後來兩三年的空白，因為工作而耽誤寫作，因為不能寫作而罹患憂鬱症，到後來搬到臺北後因為經濟壓力的孤獨恐懼，後來生病時擔心不能謀生與自立的壓力，即使最黑暗的時刻我從沒有想過不要寫作。

我的小說寫作也經歷很多階段，不斷地在改變自己，也因而每一次都會喪失一些讀者，這些歷程我都一一熬過了，可是我沒死心，內心的熱情反而越發炙熱，貧苦的日子過了很久，後來才慢慢好轉，可以活得自在一點。我覺得自己是靠著一本又一本書，在荊棘中鋪成一塊一塊磚石，讓自己在危難中有機會求生。

有些人可能會問，妳寫作，為了名，還是為了利？

老實說，我以前沒想過我為了什麼而寫，我是不得不寫，才一直寫作。

到現在還是一樣。我好喜歡寫小說的時候。每天起床，吃完很遲的早餐，打開電腦，叫出檔案，然後播放巴哈，突然周圍的一切都退去了，我的心思都在小說裡。一個廣大的世界打開了。

我曾經在路邊擺攤的攤位上寫作，我也曾經在送貨途中住宿的汽車旅館，就著床頭的小燈寫作。曾經在賣雞血石、鐘乳石，還有咖啡跟簡餐的櫃檯上寫作，也曾在漫長的高速公路八小時車程上，因為沒有紙筆，而在腦海中反覆將小說內容演練，牢記心中，在腦海裡寫作。

相比於那些時光，後來的我，有一間不怕風吹雨打的屋子，有電腦，有貓咪，我還有什麼不滿足？所以我只要有時間，都可以寫。我記得寫《附魔者》時，談的是遠距戀愛，我帶著借來的筆電，在女友的宿舍寫作。寫《無父之城》時因為樓上裝修，在噪音裡寫作一兩個月，只要我沉入小說世界裡，樓上恐怖的噪音都可以忘卻。

但我不是只為了自己而寫，我心中總有個我不認識的人。我想像著那個人，他會在某一處看到我的小說，他的孤獨、痛苦、寂寞，或者不被理解、無法與世界相容等等感受，可以在讀我的書的時候，找到一種，讓他沉浸在小說閱讀的時光裡，忘卻一切煩憂的感受。或者一種，這世上不是只有我一個人在受苦的安慰。或者僅僅只是，他認真地讀了我的書，感到心滿意足，沒有白費時光。

阿早有次說他在咖啡店遇到一個外國人，剛學中文三年多，去圖書館讀到陳雪的書，說他好喜歡，好想跟誰討論。他說他喜歡《親愛的共犯》，如數家珍地說陳婉玲怎樣，崔牧芸如何可憐，彷彿那個小說裡的人都是真的。阿早回家跟我說這件事，我覺得好開心，我的書也還沒有什麼外國翻譯，沒有很多獎項的肯定，可是這種像是知音一樣的讀者，往往就可以給我很大的安慰。

或許年輕時太苦了，我對於寫作，只有嚮往與喜愛，對於出書，每一次都是深深的感謝，至今，我仍不是靠著寫小說賣量就可以生活下去的作家，但我也願意為了寫作繼續去做其他工作，相互幫襯，小說豐富支持了我的內心世界，我的生活也豐富支持了我的寫作。

為你點一盞燈

我覺得自己是靠著一本又一本書，在荊棘中鋪成一塊一塊磚石，讓自己在危難中有機會求生。

即使一無所有，也可以追求夢想

最初，我只是喜歡說故事。因為故事是貧窮的人可以為自己憑空創造的禮物。

記得小時候身邊好多說故事的人，我們都會去隔壁的阿公家幫忙穿羽毛球拍，阿公會說歷史故事，《三國演義》《西遊記》，教忠教孝，讓故事融合教化意義。我還喜歡去隔壁的收驚阿婆家幫忙，因為阿婆也會說故事，王母娘娘與七仙女、遊地府，有驚喜有害怕，讓小孩不敢為惡使壞。我的母親是天生的說書人，她書讀得不多，不知道哪來的那些羅曼史故事。母親還在家時，會教我寫功課，功課寫完就可以聽故事，母親會在小黑板上畫插圖，有星星眼睛那種少女漫畫，配上她自編的愛情故事。母親說得陶醉，我也聽得入迷。

家裡破產後，我在學校成為不受歡迎的人，我變得格外敏感，旁人的冷眼冷語、輕蔑的眼神，都會讓我受傷。記得有一次下課，大家約好去同學家玩，同學的媽媽上樓來送水果，看到了我，就把我叫到一旁，用嚴厲的語氣說：「像妳們這種不正常家庭出來的孩子，不要到我家來玩，不要在學校帶壞我的孩子。」

我上樓拿書包，藉口說自己肚子痛，就離開了同學家。我永遠忘不了我下樓時，她母親對我傳來如冷箭的目光，我在回家的路上，一直想著，我們沒有不正常。不是妳說的那樣子。

我後來也很少去街上的商店，因為每次去，總是會聽到別人在說我媽媽的壞話，大人的言語那麼殘酷而赤裸，一點也不顧忌我就在旁邊。因為這些原因，我特別好強，我知道如果我沒有把書讀好，就失去了保護家人的力量。

那時學校有說話課，有一次輪到我上臺說故事，說完後，大家都用力地鼓掌。班上的導師本來對我很嚴苛，卻突然指定下一堂說話課要我再講一個故事。後來因為大家太喜歡聽我講故事，整堂說話課變成都是我在說故事，大家在臺下聽，有一次甚至連隔壁班的老師都帶同學過來聽。望著大家期待的眼神，感受到同學的表情隨著故事而起伏，我知道我會講故事，就像是一千零一夜，我靠著說故事的能力，改變了自己在學校的命運。那時，我家裡連一本課外書也沒有，靠的全是聽來的故事加以虛構改造。

知道自己可以創造故事，對當時一無所有的我來說是個重大的發現，因為我不用再羨慕別人有精美的圖畫書、漫畫，甚至高級的玩具，我可以寫故事、說故事，那比什麼都好玩。

開始寫作之後，我只專注於寫作，那好像是專屬於我一個人，祕密的世界。我就是安靜地寫著，想著三十歲才要想辦法出書，時間還很長，我可以慢慢準備。我沒有想過要投稿或出書，很奇怪地，好像我知道自己的作品太獨特，時代還無法理解我。我為了不要受到他人影響，所以沒有積極進行任何發表或出版的事，比起成名或出書，我更想要的是把那些只屬於我的小說寫出來。

大學畢業後，我經歷過很多絕望困窘的時刻。陷在一場苦戀中，不可能得到別人的祝福。寫作也還沒有成果，工作一換再換，被老闆欠薪，時常窮得就快付不出房租，就得身兼兩份工作。同學畢業後都成為老師，或者有很好的工作，父母為了我的執拗心痛煩惱，愛我的人也為了我的固執而煩憂。我沒有任何可以向他人誇耀，或者被別人稱讚的東西。

不管多坎坷，我就是想要寫作，因為那是我所想到唯一最不花錢，卻又能實現自我的事物。我安靜地在租來的雅房裡寫作，稿紙很便宜，我會先寫在筆記本裡，然後一次一次謄寫在稿紙上，我除了愛看電影，什麼消遣也沒有，我跟一般女孩不一樣，我不會化妝，不打扮，我也不太會交朋友，一般人談論的話題我都不感興趣，大家下了班約去聚餐，我也不想去，我根本不需要休閒娛樂，在勞力的工作之餘寫作讀書，就是我最快樂的事。

很幸運地因為朋友幫我投稿參加新人獎，雖然沒有得獎，卻得到了出書的合約。那時我二十五歲。

提早了五年變成作家，但現實生活裡，作家這個頭銜對我當時的生活完全沒有幫助，反而讓我知道自己並沒有過著屬於自己的生活。偶遇的小說家前輩告訴我：「妳不要再送貨了，趕快專心寫作吧。」

那時候，「專心寫作」幾個字，聽起來，遙不可及。

經過三年的爭取與努力，我終於離開了家，到了臺北，專業寫作。

真正進入所謂的文壇，我才知道，比起其他同輩，我沒有背景，沒有得獎紀錄，出身不好，扛著家裡的債務，又不喜歡社交，在那時封閉的環境裡，我就是一個異類，這樣的我，可以生存得下去嗎？我除了寫自己的小說，不會努力去維持人際關係，也不去跟別人比較，很長時間裡，我好像除了出書，什麼也沒獲得，我總是很窮，很孤獨。當時我失落嗎？我不太記得了，或許因為沒有企盼過，所以也無所謂失落。我滿腦子想的，只有如何不上班也能活下去，我要把錢賺夠，養活自己，給家人匯款，然後好好寫作。

現實裡我一無所有，可是只要到了書桌前，打開電腦，雙手放在鍵盤上，我就可以創造一整個世界。

我努力了好久好久，不是為了小時候那種想要證明自己的好強，而是我真的很喜歡寫小說，我想要讓自己寫得更好。不寫作時，我只是個有社交障礙，不會看人臉色的人，我至今仍維持年輕時節省的習慣，沒有什麼休閒娛樂，我只做自己想做的事，然後盡全力去做到好。

我就這樣寫到了現在。

以前我不敢這麼說，怕自己只是癡人說夢，但我現在真的相信，即使一無所有也可以追求夢想，因為夢想就是上天給貧窮弱勢的人最好的禮物。**我還是相信真正的實力不會被永遠埋沒，只是你得把眼光放得很長遠，你必須**

有自己的價值觀，你不能被一時一刻的成敗干擾，你不能因為看到別人走捷徑，就想要跟隨，不能看到別人搭直升機升空，就忘記自己要一步一步把根基打好。正因為你看得深遠，你追求的不是一時的成名，你想要實現自己，完成自己的心願，才可以一步一步踏實地實現。

不要管別人說什麼，好的壞的，稱讚批評，都是一時的，那些都很主觀，都是「別人的看法」，我們無須為了別人的看法而歡喜悲傷，甚至改變自己，除非那是你真正信服、信任、尊敬的人對你的建議。但，倘若是我真正信服尊敬的人的建議會傷害到我的小說，我還是會設法用我自己的方式去堅持。

你如果問我，實現夢想了嗎？

在《少女的祈禱》後段，我寫著：「我感覺我這一生想要過的就是這樣的生活，有一個小屋，和一個露臺，養一隻貓。我要從早到晚寫小說，要看著夕陽落下，要趕著最後一點天光把句子寫出來，六百格稿子就是我的全世界。」

至今，我覺得自己還是當年那個二十多歲的女孩，專心致志在自己的夢想中，我實現了我想要的生活，而且從來沒有感到後悔。

祝福每一個為夢想努力的人們！

為你點一盞燈

現實裡我一無所有，可是只要到了書桌前，打開電腦，雙手放在鍵盤上，我就可以創造一整個世界。即使一無所有也可以追求夢想，因為夢想就是上天給貧窮弱勢的人最好的禮物。

輯二：

用最低的現實，成全最多的理想

——給創作者的10個建議

規律的力量

一年裡我有八九個月在寫小說，寫小說的時候我有自己特別的儀式，這兩年我都讓自己睡到很飽，大約十一點才起床，早餐通常是烤麵包加上阿早出門前幫我煮的水煮蛋，幾顆堅果，一杯豆漿。吃完東西我會先收信，但只是瀏覽，並不急著回，關掉信箱我就會戴上耳機聽音樂，幾乎都是從巴哈開始聽，顧爾德的巴哈總是我進入小說的密碼，有幾張專輯我已經聽了很多年，從來也不會厭倦。

書桌旁有窗，我不喝咖啡或茶，就是一杯溫開水放著，隨時補充水分。

我會先看一下昨天寫的部分，稍作修改。我敲打鍵盤，一開始可能還沒有什麼感覺，但隨著修改舊稿，我總是很快就能進入狀況，屋裡很安靜，只有耳機裡的音樂聲，寫得入神時也沒怎麼在聽，可是那樣的琴聲在耳畔，就覺得很安心。

一天大約寫一到兩千字，我只寫三到四個小時，除了中間必須再補充一點點心，我沒有做其他事，就這麼寫到下午。我不會讓自己寫到透支，通常寫得差不多了，我就會收手。這時我望向窗外，天色已經有些變化，我會望向遠方，讓眼睛休息一下。

寫完小說，我再收一次信件，把該處理的事逐一處理好。之後我才會打開臉書，瀏覽一下，回覆需要回覆的訊息、發文，或者跟朋友簡單聊天，也算是讓自己休息。時間如果還足夠，我會寫一些邀稿或自己的散文，當作換腦休息，也不寫多，五點準時收工。

阿早上班的日子，我天天練瑜伽，阿早放假的時候，我就看情況調整。寫完小說練瑜伽，不但讓身體得到舒展，腦子也可以澈底淨空。練完瑜伽時，感覺這一天充實地度過，應該要休息了。

這時我通常會洗衣服，或者用吸塵器吸地板，做一些簡單的家事。

接下來到阿早下班之前是我看書的時間，工作用的書在這時候可以認真地閱讀。

八點鐘阿早回家了，我就陪她做晚餐，然後一起吃飯聊天。夜裡，我們會看看電影或影集，晚上十二點我就準備進房間，看書或看劇，慢慢準備睡覺。

在寫作初稿的日子，不管寫作遇到什麼問題，除非為了工作出差或旅行，每週寫五天，我就是這樣規律地生活著。日復一日，小說裡的問題我盡量在寫作時解決，即使無法解決，只要打出一定數量的文字，就算是無效的幾百字也好，即使這些文字最後會被我刪掉，我還是會讓自己敲打鍵盤，就當作是練習吧，我喜歡規律的生活，練習讓我可以一直保持在一種寫作的感覺裡。

跟阿早生活在一起之後，我已經練就只要戴上耳機，就可以進入寫作狀態的習慣。我說這是一種習慣，因為它確實像是制約，音樂聲響起，我就進入了屬於我自己的世界裡，小說的世界裡。

長篇小說的寫作，基本上是一種勞動，考驗的是你能不能長時間地專注，長時間一個字一個字敲打出來，並且考驗你在構思期間所有念頭能否幻化成真。過程裡會遇到各種難以預料的情況，但只有通過所有的考驗，才能完成作品。我的個性最大的優點，就是能熬，而且我對自己沒有太高的期待，我知道自己的初稿總是慘不忍睹的，但我敢於將它寫出來，並且進行一次又一次的修改。以前沒有阿早幫我看稿，我的長篇時常在寫作三五萬字之際就會作廢重來，如此幾次反覆，大概要寫到第三四個版本才能確定。後來有阿早幫我看稿，那就是前面幾次作廢，初稿完成後可能還要經歷幾次局部的作廢，我每一本小說的電腦檔案都是幾十個版本，重寫是家常便飯。

雖然寫作過程裡我崩潰了好幾次，但我始終覺得面對小說的重來是成為長篇小說家的必要修煉，經不起這個，就很難長期寫下去。

我相信規律帶來的力量，即使無法每週五天，即使是一週一天、兩天，只要持之以恆，長久累積，都會積累出一定的結果。

有些人是天才型作者，寫作不太需要修改，一下筆文字就是那麼流暢漂亮。我知道自己不是那種人，我很早就認清自己的特質，我不是天才，也不追求那種天分。寫作最令我著迷的地方是，還沒開始寫之前，你只是個普通人，可是一天一天過去，你看見經過漫長時間打磨出來的作品，比作者本人更美好，你會感覺自己通過長久的付出，終於向上天偷來了一點神力，小說之神回饋了你一點點非常珍貴的東西，灌注在你的作品裡。

為你點一盞燈

只要打出一定數量的文字，就算是無效的幾百字也好，即使這些文字最後會被我刪掉，我還是會讓自己敲打鍵盤，就當作是練習吧，我喜歡規律的生活，練習讓我可以一直保持在一種寫作的感覺裡。

眼高手低怎麼辦？

曾有人跟我說，自己之所以不太看書，是因為怕變得眼高手低。

眼高手低好像成為很多人不讀書，或不寫作的理由，但要我說，所謂的眼高手低，就是寫不好而已，寫不好跟眼光高一點關係也沒有，難道眼光低就容易寫得好嗎？

寫不好有很多原因，我覺得最常見的原因就是寫得太少，疏於練習，對於要寫的題材掌握不佳，以及選錯了文類。有些人適合寫詩，有些人適合寫散文或報導，有些人適合寫小說。比如要我去寫詩，可能花費很多苦心，效果也不太好，或許勉強努力，還是可以有一點成績，但那就不是會吸引我的文類。找對舞臺，才可以更好地施展自己的才能。

要寫作，一定得讀書，廣泛地讀，深刻地讀，讀經典，讀好書，甚至工具書也得讀，不喜歡讀書而喜歡寫作對我而言是很奇怪的事，但現在越來越多人喜歡寫作而不喜歡看書，除非你已經在早年就把該讀的書都讀透了，否則不讀書真的很難把作品寫好，再有天分也是一樣的。

怎麼避免讀太多書而變得眼高手低？我覺得最好的辦法就是多寫，如果你酷愛讀書甚過寫作，因而寫作甚少，漸漸地變得寫得不好，就會更難下筆，這是惡性循環。

要成為作家，一定要讀書，但也一定要寫作。當你不斷地寫，自然會看出自己目前的程度。當你不斷地在持續完成作品的過程裡，漸漸會忘了要去跟那些偉大的作家比較，也會忘了想要一蹴而及的念頭。你會恢復到真實面，寫作就是一個字一個字寫出來的過程。你可能會心儀某些作家，可能會尊敬甚至仰慕崇拜某些偉大的作家，可能會因為那些偉大的作品感到自己渺小。但是當你開始寫作，當你從一個概念、一個意象出發，真實的文字就從你指間流出。除非你因為一開始的受挫就停止，否則，你慢慢會生出自己的現實感，你會看到自己的作品、自己走在什麼地方、處於哪種程度。只要你不在這時因為「我不是馬奎斯」而放棄，你漸漸地會感受到，我雖然不是馬奎斯，但我有我自己的風格，我有我想表達的，我有我可以做到的。

眼高手低這件事不會存在，只要你持續去寫，並且持續完成作品。覺得自己寫得不夠好，就不寫了嗎？覺得世界上有馬奎斯、張愛玲又何必有我就不寫了嗎？那也無妨，我從不會鼓勵不想寫的人寫作，寫作這件事非得自動且自願才能達成。

但，你想寫，可是你因為寫出的作品感到挫折，當你有心無力，當你腦中的構想跟下筆後的現實落差甚大時，該怎麼辦？

我的建議是，眼界高是好事，重點是不要給自己過度的預期。

一開始寫不好是很自然的事，再偉大的作家也沒有第一次下筆就很完美的。所謂的一開始，可分為「寫作的初期」這種開始，也有每一本書、每一部作品的一開始，還有每天寫作時的一開始。一開始總是困難的，無論是哪一種開始。就因為開始是困難的，所以我們才要繼續寫下去，把那個困難慢慢修好，把寫作時遇到的瓶頸處理好，以及度過從這一本到下一本的難關。

寫作最怕的是沒動力，不知道要寫什麼，以及沒有寫作的欲望，但那也不用怕，真的沒有想寫的，就不寫吧。等到內心真的有無法抑止的書寫素材或欲望再去寫就好了。一直都沒有的話，改行也是可以的。

但如果真的有想寫的欲望、熱情、衝動或需要，只是一時遇到阻礙，不管是下筆的困難，或者缺乏持續下去的動力，以及卡關或沒有靈感，這些都是可以處理的。

下筆困難症，我覺得最好的方法就是素描法，把想寫的東西先用最直白的方式寫出來，哪怕寫得坑坑巴巴，寫得很粗糙，都沒關係，因為你只是下筆困難。把東西寫出來，再去完善它，甚至整個放掉也沒關係，當你真的把想寫的東西寫出來後，再經歷透過修改而變得更好的過程，這是正向的循環，會讓你知道，先下筆，再修改，沒有下筆就沒有後來的寫作。別忘了持續修改，甚至包括重寫，記住那種可以寫作的感覺，修改是每個好作家必經的路，慢慢修改，改到滿意為止。

人生要保持彈性，即使面對寫作亦然。許多人希望一出手就驚豔四座，彷彿橫空出世，為了這一次華麗的登場做足準備，可是我的想法不一樣，先求有，再求好。一開始寫作時我就特別大膽，不怕犯錯，也不怕自己寫得不夠好。能夠把一個短篇寫出來，對我已經是大夢實現。我寫了一篇又一篇，每一篇風格都不太一樣，我知道我還在尋找自己的聲音，可是即使發出的是不夠美的聲音，我也想發聲。我第一次寫出真正的短篇小說時，就知道我可以寫作，因為我從來沒有做過任何一件事比做這件事更快樂，我不是最有才華的，可是我需要寫作，我就去實踐它。

第一本書是重要的，不要害怕去出版它，不要以為人生就此落定，一本書就會決定生死，人們往往更看重的是第二本書。大多數的人對第一本書都是寬容的，當然我不是要你胡亂去寫它，而是大膽下筆，小心完善，勇敢出書。剛開始寫作，誰可以立刻登天呢？容許自己犯錯，容許自己聲音不確定，結構不完美。這一本書代表的是你寫作的宣示，是你這一階段的成果，把第一本書寫出來，才有可能去思考下面的路。

很容易半途而廢，怎麼辦？可以改寫短一點的篇幅，先把手上的作品寫小，可以說是把它濃縮成一個簡略的版本。先有辦法完成一個較小的篇章，讓你體會完成的感覺，同一個題材，即使只是寫類似大綱那樣的東西，它會變成像是指南針或是類似導航，曾經完成過，你就比較會有成就感。每次給自己一個小單位的完成，會比遙不可及的巨作來得容易完成，有助於半途而廢的人找到目標。

如果純粹就是懶怎麼辦？這個最簡單。不想做的事可以不要做，當你放棄了，認定自己不要做了，就沒什麼可以逃避了，真心不想寫作，又何必勉強。但倘若你放棄了，突然又覺得其實還是想寫的，或許你又會主動地開始去寫。

所以不要再想著眼高手低的事了，或許你想要寫作的時機還沒到，或許你根本沒有自己以為的那麼愛寫作，或許，你就只是喜歡讀書，喜歡文字，但並不喜歡把它寫出來的過程，那都沒關係的，世上有許多可以做的事，去做更喜歡的事。

但，不要把一時的挫折，寫得不夠好，或者下筆困難，都當作是眼高手低，這句話無法保護你永久，無法讓你維持走下去的動力，只是變成阻礙而已。

培養極高的鑑賞力，也要培養自己面對挫折的勇氣，培養自己分辨寫作的真實狀況，培養分辨閱讀解析能力與創作能力的差別。一開始對自己的作品可以仁慈一點，因為你還在成長，你還有空間。面對成品可以嚴格一點，但是要符合實際的嚴格，在你的能力範圍內對自己嚴格，然後一點一點去進步。

我們可以許下萬難的目標，也可以給自己最大的夢想，但只要你切實地去執行，真真切切地面對自己的作品，那份真切裡包含著寬容，也包含著強韌，以及不輕易放棄。

你知道自己現在不夠好，但你願意一點一點進步，你願意用最大的耐心給自己的作品機會，你腦中牢記著那些偉大的作品給你的震撼。但，不是挑剔就可以變強，要切實地，一步一步走，作品都是一字一句寫的，那麼也就一字一句去變得更好吧。

你應該成為自己作品最好的擁護者，因為那是屬於你自己的。善待它，支持它，並且盡可能用寫作來實踐，即使步伐緩慢，蹣跚，即使你不是走得最快的，但龜兔賽跑，終點等待著最有毅力的人，只要你持續地寫作，屬於你自己的目標總是會慢慢接近的。

寫你點一盞燈

不要把一時的挫折，寫得不夠好，或者下筆困難，都當作是眼高手低，這句話無法保護你永久，無法讓你維持走下去的動力，只是變成阻礙而已。

自我節制的重要

年輕時寫小說，就像是突然墜入情網，沒日沒夜，根本沒有時間概念，好像就得把自己燃燒了，才能把那份愛釋放出去。

我寫前三篇短篇，都是那種狀態，感覺像是被某個神祕力量附身，直到寫完才會退駕。那時連自己都會感到害怕，原來我可以寫出這樣的作品，超乎經驗，也超出我自己的知識範圍，彷彿我腦中還有自己不知道的領域，在寫作時可以釋放出來。經驗過這樣的寫作，就會一直想要追逐那種感覺，好像自己擁有某種神祕的力量，會期待一再感受那份力量。

但我從大學畢業後，立刻就面對了生活的壓力，現實壓得人喘不過氣，小說成了我的避風港，我可以安放自我的地方。那時寫作都是犧牲睡眠，在夜裡創作，每天偷兩三個小時，在那個時間盡情寫作。時間就是那麼少，想要再多寫也沒辦法，於是我習慣在車上構思小說。工作的時候沒法想，在來回漫長的高速公路車程上，就放任自己思緒翻飛。到現在我都還有在搭車時構思小說的習慣，有時寫作不順，我就會去搭很遠的公車，好像只要車子啟動，窗外風景流逝，我的思緒也會跟著流動起來。

工作完回到家，晚上就有東西可以寫。

我知道有些人寫長篇，一次可以寫很多，但除非一口氣寫完，否則一旦停下來可能會荒廢好久，然後再度啟動時又得熱機非常久，而且最危險的是，你可能再也回不到那種瘋魔的狀態了。有可能連文字的感覺、節奏、用語，都不一樣了，有的人嚴重起來，連聲腔都找不回來，最後完成時，小說就是有種說不出的斷裂感。

我總是跟朋友說，作者的感覺，讀者也會感受到，你的急切、你的狂亂，以及你的困窘，除非到最後定下心一次一次修改，否則讀者就是會因為你的情緒起伏，感受到作品彷彿歷經亂流，也打亂了他的閱讀。

持續與規律都是穩定小說的方法。自我節制也是。

我長期過著穩定而節制的生活，想維持一種身體上的輕盈感，不知道該怎麼描述那種感覺，就好像是你的身體感受也會決定你的作品成果，我希望我的作品更流暢，更有動態，我就讓我的身體也保持在動態與流暢感。當然不可能不隨著時光老去，可是我總希望自己不是衰老，而是自然地年老。

我在寫《附魔者》的時候，三十七、八歲，身體各方面都還很好，寫這本小說之前，我覺得好像必須提升自己的寫作能力，就像電腦速度慢了，必須升級。但我不知道該如何去做，後來想出來的辦法就是重讀經典。二十歲時讀的那些書，我統統找出來看，也有些買了沒看，或者一直想讀卻始終讀不進去的書，我也全部買回來，決定就像大學時代那樣，苦讀一段時間。

大概有五個月到半年左右吧，我每天起床就拿一本影印紙做成的筆記本，邊看邊抄讀，有些書我幾乎是抄寫整本，有些只是寫下重要的句子跟段落。抄讀是為了放慢速度，我自小看書就很快，我想改變自己的讀書方法，才決定用抄寫法。不管是慢讀細讀或抄寫，這一次的重讀對我相當重要，我幾乎讀了大江健三郎所有的臺灣譯本。讀了杜斯妥也夫斯基的好幾本小說，我讀了《波赫士全集》，讀巴爾加斯略薩，讀了《追憶逝水年華》，讀了《羅莉塔》，讀了卡夫卡，我每天讀書八小時，讓自己完全沉浸在書本裡，那時即使跟女友約會，我也都在她的住處讀書，我看起來比作為學生的她更用功。

經過那幾個月的苦讀，在開始書寫的時候，讓我有種脫胎換骨的感覺，感覺自己用土法煉鋼的方式，略為升級了一些。

我就開始動筆寫了。寫的是我蓄積多年的題材，感覺應該可以一次寫就。但我光是開頭就用了第一人稱、第三人稱兩種方式各寫了三到五萬字，敘事時間也採用倒敘、順時間流兩種方式交叉比對，前三個月我就是一再地測試，到底要採用什麼方式去寫，一再一再地重複練習。最後我才想出了多人稱、多角度的輪唱，這個我覺得最符合這本小說的書寫方式。

那時我每天十點開筆，午餐時間小休一下，寫到下午三點半左右就停筆。一週寫七天，如果遇到當天要演講或外出，我會提早起來寫，可能寫個五到八百字才出門。我一天寫一千多字，絕不超過兩千，即使寫到下午有時真的寫得很順手，字數到了我依然會停止。我會跑到沙發上躺一下，把還沒寫的東西在腦中過一遍，然後就出門去運動。

那時我還沒有練瑜伽，就是走路，公園繞圈走，遇到下雨天，就在社區大樓的籃球場繞小圈走幾十圈。有一段時間我甚至還去游泳池裡來回走，身旁都是一些老先生老太太，只有我一個年輕人，我也不以為恥，就跟著他們高舉手臂在水道裡走路，差不多覺得都放空了，才慢慢洗澡洗頭，走路回家準備吃晚餐。

當時我每天晚上都好想趕快上床睡覺，因為這樣第二天早上起床就可以寫小說，但即使是這麼酣暢的寫作狀態，我一天絕對不讓自己寫超過兩千字。

如此這般，寫了八個多月，完成了這本書。

那一次的經驗，讓我澈底體會到小說是節制的藝術，無論腦中思緒多洶湧，無論靈感或想像多澎湃，你就是得節制。為了讓整本書維持在一種可以長期發力的狀態，絕不能一次就把靈感跟力氣用盡，得讓所有能量蓄積在體內，一點一點持續發散。我想讓小說裡維持著一股氣，連讀者都可以感受到那種凝聚力，使得讀的人也聚精會神，沉入小說裡。因為小說是七、八個角色的輪唱，那個一直變換著的腔調與敘述一旦沒有調控好，就會變得很虛假。那段時間我真可說是淨化自己的一切到了極致，專心致志，穩定書寫，我自己都可以感受到那種因為穩定與節制帶來的韻律感，跟作品的協調性，那也是我過去沒有經驗過的。

寫作時，我讓自己慢慢淨空，所有自我的情緒、內心感受，或者跟女友吵架，或被抱怨，或生活上一些大小不順，身體上的有的沒的，只要來到書桌前，面對我的稿子，我就是那個寫作的人。我把自我感受降到最低，好像慢慢變成一個容器，只提供小說降落，因為當時寫的是多個角色的輪唱，每天我要面對的是不同角色的內心世界，我得把自己清空，才能讓角色進入身體，才得以充分感受、體會角色的聲音與思維，然後書寫下來。

寫得好就開心，寫不好就難過，寫得順就一瀉千里，寫不順就半字不寫，我覺得這樣的心態寫長篇小說會很痛苦，會很艱難，必須調整。

我總是告訴自己，寫小說不是為了讓我們在寫的時候感覺自己好棒好有才，也不是為了讓我們在寫不順的時候覺得自己好差好弱好笨，實際上一本小說的誕生，往往也是重新面對自我，並且是更成為自己的過程，只是我們會將這個過程凝煉成一部小說。

書寫長篇小說基本上就是一種修煉。

為了創造出更好的作品，我們可以暫時放下對自己的評價，為了寫得更好暫停一下。為了走得更遠，為了讓小說裡真正充滿力量，那些寫作上短暫的狂喜，或者碰到瓶頸的痛苦，或是書寫上實實在在面臨的身體疼痛，腰痠、脖子痛、手腕痛，甚至頭痛腳痛，在寫作時，就是去承受它。在每天寫作之後，再好好去面對、去調整、去療癒自己。

我記得當時在游泳池裡，有一次我放鬆全身，漂浮於池水之上，感覺好像有一雙巨掌輕輕托著我，將我包裹，協助我漂浮，讓我放鬆。我感覺到自己一直沒有把力量放掉，直到那時我才把自己交付給池水，讓它接收我這一段時間工作累積的辛勞，我根本就不會游泳，還每天到游泳池去報到，只是希望每天在水道裡來回走那幾十趟，可以協助我在小說裡走到最後。

訂好時間表，給自己承諾，寫的時候不要患得患失，遇到挫折不要驚慌失措，因為寫不好才是常態，寫太好了反而要懂得剎車，因為我們太容易順著自己擅長的去寫，可是小說需要的，有時不是我們最擅長的。**節制、忍耐、堅持，為了完成一本作品，你會把自己調整到最好，哪怕別人看你就是一個最無趣的人都沒有關係，所有東西都會回報在你的小說裡，你修剪掉的能力，會用另一個方式回到你的身體裡。**

最後，當你面對千辛萬苦寫出來的書，你會清楚知道，這次，你因為節制自己，反而超越了自己。

為你點一盞燈

小說是節制的藝術，無論腦中思緒多洶湧，無論靈感或想像多澎湃，你就是得節制。為了讓整本書維持在一種可以長期發力的狀態，絕不能一次就把靈感跟力氣用盡，得讓所有能量蓄積在體內，一點一點持續發散。

如何處理壓力？

寫作的期間因為需要賺錢，也會遇到外務很多的時候，比如每年的七、八、九月。我的書經常在下半年出版，很多活動也會在這時候舉辦，所以我的暑假經常都是在寫稿、評審、宣傳、演講等等活動之間交錯進行。

從二〇一九年開始，我幾乎馬不停蹄，到了八、九月，有時會忙到連我這種工作狂都感覺到「有壓力」的時候。通常晚上不工作的我，也有很多時候晚上都在看稿子，但那是特殊情況，只好特殊對待。

二〇二二年八月，我又進入忙得不可開交的時刻，正在籌備的線上課已經進入逐字稿階段，但長篇寫作又正好在破案的關鍵時刻，我有過兩星期一個字也無法寫出來的狀態，手機裡光是工作群組就多得讓我眼花撩亂。阿早問我為什麼把工作排得那麼滿？我也不是故意的，因為每年需要賺的錢就是那麼多，本來接了A計畫，A計畫有變卦，就接了B計畫，然後A計畫又復活了，結果來了一個重要性高過前兩者的C計畫，結果就是ABC三個工作軋在一起，答應了的事就一定要好好做，所以就變成現在的狀態。

有時我也會因為太多工作而感到壓力，想逃避，想拖延，想轉移注意力，可是沒過多久，我又會認分地站起來走到書桌前，開始一一地工作。只要專注一個下午，突然間毛線團都解開了，工作開始一點一點完成，我發現其實我還是有餘裕可以寫作，壓力就降低了很多。

我解決壓力的方法就是去處理壓力來源。稿債就寫稿，評審就看稿，演講就準備，小說寫作就每日去寫。因為做這麼多事無法寫作，就在工作空檔找一點時間給自己寫喜歡的東西。我的方法是，讓每一件工作都有時間限制。工作滿檔時，一個工作分配一到兩個小時，做完一個階段就立刻換下一個工作。這樣一來，每件工作每天都有進度，而且是立即有效的進度，心情就會逐漸平靜。

我會把最精華的白天上半段時間留給寫作，寫個五百字也好，寫不順時，就寫個對話也可以，不管寫了什麼，都算是寫作，可以讓自己擁有繼續工作的動力，能寫自己的作品總是帶給我安心感，覺得這一天踏實地開始了，覺得沒有把小說忘在腦後。

跟團隊一起工作，我都先與大家達成共識，我們保持公開透明的溝通，有什麼意見都明說，要與不要，可以接受與否，都在開會或群組裡立即說明，不拐彎抹角，也不用言語試探，因為要做的事很多，大家清楚表達需求以及要求，反而不傷感情又有效率。

很多壓力的來源，都是因為心裡不情願、界線不明，以及人情壓力。我的作法是就事論事，當自己無法承接的工作，就會跟對方坦承，我想真正的交情就是可以諒解人都有能力不能及的事，即使這次無法合作，以後也還有機會。先去除人情壓力帶來的困擾，然後進入工作直接的排程，當你想做A但現在卻必須做B，就會產生逃避或不情願的狀態，我的作法是兩者都去做，但是要排好先後秩序以及比重，然後逐一施行。

另外，如何決定要接多少工作，我的前提總是，這個工作會不會耽誤我的小說。為了平衡寫作跟經濟，有時不免撞期，我也會適時做一些變通，平時要求自己一週寫五天，工作滿檔時會主動減半，一週寫三到四天，每天寫五百字也可以。有時真的每天要外出，沒有時間寫作，這樣的狀況盡量不超過兩週，我會在高峰期過後，慢慢補上進度。這樣做最大的原因，就是我不想讓自己以工作太忙為理由，逃避寫作。

八月至今，我一直處在高壓狀態，但就因為這種黃金比例的工作方式，我既寫了小說，也寫了邀稿，評審工作都逐一完成，還去學了游泳。按照上述的方式，我一天比一天感到輕鬆，壓力就在這個過程裡逐漸減輕了。

有些人休息就是澈底放空，我也有這種時候，那就是游泳跟練瑜伽，還有好好睡覺。時間到了我就去睡，睡得很飽，第二天起床可以非常高效率地把工作完成。

但我主要的休息方式就是換一種工作來做，這對我是最有效的休息。

沒有靈感或感覺不對時，我會換一個工作來做，換成那種不太需要靈感，可以立即感到成就感的工作，一旦達到成就感跟心理上的心甘情願，我就又轉回到寫作上。這樣轉換交替，既可以解決迫在眉睫的工作，也可以降低沒有寫作的心理壓力。

書寫《你不能再死一次》的一整年時間裡，我在每天寫作之後都會寫散文紓壓。每天寫一些，想到什麼都可以寫，一年過去，長篇小說完成了，散文也完成了，朋友都覺得不可思議，但我覺得很合理，甚至感覺就是寫這本散文幫助我完成了很困難的小說，而困難的小說，也幫助我書寫這本我自己的往事追憶錄，因為在長篇書寫裡，我看到了現在的自己，而散文寫作中我回顧了過去。在每天的寫作裡，我挖掘過往的自己以便理解過去，才更有助於在小說裡實踐這三十年寫作人生裡所習得的一切。

原本這兩週在忙碌的工作之中，想到即將開始預購的散文，也有一點點壓力，於是就在今天下午，我把昨天剛寫完的長篇小說看過一次，修改部分錯誤，把要評審的稿子看了最後一部分，然後覺得心情輕鬆了不少，就把要宣傳新書的臉書貼文寫好了。

我處理壓力的方式很簡單，只是必須持續地、規律地去做到。解除工作壓力的方式就是去逐步完成它，這道理誰都懂，但重要的是，能否找到適合自己的方式，持續地、規律地練習。當你做過一百次，而每次都確實改善了壓力，也達成了目標，你就會越來越清楚，壓力總是會有的，而那些都是促使我們更加專注，更懂得變通，並且更貼近自己的時刻。壓力變成了一股讓你再次面對自己的力量，你會更懂得如何處理工作量、怎麼選擇工作，以及克服心魔。一開始你以為自己做不到，但日積月累，你總是去直面它、與它協商，試著降伏甚至駕馭壓力。久而久之，你會發現壓力沒有那麼恐怖，它就是你的一面鏡子，鏡子映照出來的就是你自己，無論那是一張如何的臉，都是我們最真實的樣子。看清自己，才能完善自己。

為你點一盞燈

壓力總是會有的，而那些都是促使我們更加專注，更懂得變通，並且更貼近自己的時刻。壓力變成了一股讓你再次面對自己的力量，你會更懂得如何處理工作量、怎麼選擇工作，以及克服心魔

下筆困難症怎麼辦？

明明喜歡寫作，想要寫作，也該寫了，腦子裡有很多計畫，很多方案，很多絕佳的想法，可是一想到動筆，身體就像僵住了似地。坐到桌前一會兒想吃東西，一會兒想滑手機，身體不由自主想逃避，天底下所有的雜事都會跑出來把你拉走。好不容易勉強自己坐下來，腦子裡想的一篇好文章，一部好小說，可是下筆時卻磕磕碰碰，寫出來完全變了樣，對自己生氣、懊惱、懷疑、拖延、轉移注意，以至於得了下筆困難症，因為寫出來好像就會把一個好作品搞砸，所以遲遲不寫，為了怕寫壞，就不去寫。

可是，不去寫它，作品怎麼誕生？

我的辦法是，先忍耐一下，忍耐自己沒那麼好的開場，忍耐每一天開始

寫作時，不盡滿意的開頭。忍耐每一個寫作時不美好的時刻，再熬一下，要放棄，不差那一點時間，

我有個屢試不爽的解方，開頭寫不好，就先寫第二章。甚至把第二章或者後面的其中一個章節拉出來當作開頭都可以，等寫順了，再回過頭去看看，要不要重新調整。

有時，順時間的第一個開場往往沒那麼吸引人，而是在後面的發展中，找到一個很適合回顧的接入點，先下筆寫一個很特殊或者很有意義的場景，然後再把整個故事透過這個轉折往前拉回。

小說是時間的魔法，小說裡的時間可以無限延長，也能夠不斷切割，所以當你決定下筆寫一本小說，卻遲遲想不出最棒的開頭，建議你，先從第二章寫起。當然要從第三章第四章也無妨，重點是先寫下與這本書有關的一個章節，作為自己的開筆儀式。

如果寫完了開筆，還是沒靈感怎麼辦？建議你先寫人物表、場景描繪、時代勾勒，這些在做功課的時候已經收集的，或者還沒開始收集的，我建議大家可以邊寫邊收集。這樣一方面可以避免落入無止盡收集資料的陷阱，也可以在寫作時尋找這本書的氛圍跟腔調。先做人物素描，把大致會出現的場景描摹出來，編寫重要事件簿等等，總之，寫跟小說本體相關的任何外圍資料，很潦草也無妨，寫出來就是了。

這樣乍看之下好像會變得很凌亂，但只要你都確實整理在電腦或者筆記裡，不要遺失，到時候都是珍貴的寶藏。

就算遺失了，相信我，已經寫過一次的東西，會印在你的腦海裡，等到再度回到這個作品中，那些東西就會一點一點浮現出來。儘管記憶很微弱，但因為練習過，就會有手感。你會知道哪些需要哪些不需要，前面的作業都是為了讓自己進入狀況，保持在一個寫的狀態裡。

我的長篇小說開頭總會有無限多個版本，我有時會從第二章開始寫，有時會從第一人稱、第三人稱、全知觀點，都寫一部分試試看，也會從不同時間序各寫一個版本，透過不同的書寫方式找到最合適的切入點與敘事觀點，這些都需要寫出來才能正確評估。所以在寫作初期，我會花很大量的時間做前置作業，這些前置作業很費心，但只要你把寫作時間安排出來，至少不用擔心沒題材寫。很多人以為寫作全憑靈感，不需要計畫，但也有人寫作計畫縝密無比，完全按部就班，整齊劃一。我覺得只要找出適合自己的方式，都很好，但最好的驗證方式就是看作品。

首先要養成讓自己習慣在效期內將作品完成的習慣，即使屆時成品只有百分之六十甚至八十的水平，但寫出來就有救，因為還可以改。不要為了寫到完美而遲遲不下筆，或者下筆了，因為糾結於開頭不夠好就無法繼續。與其一直拖延，不如先有個比較沒那麼完美的版本，先把作品生出來再說。

寫小說最需要的特質就是耐煩、坐得住，要讓自己耐煩，需要苦中作樂的能力。也就是說，每一次寫得順的時刻，都要牢記在心，作為往後的獎賞。在寫作時透過銘記一些曾經成功的經歷，反覆告訴自己，熬一下，再忍耐一會，往往就會有甜頭在後面。用這些曾經熬出作品的經驗，反覆讓自己記住先苦後甜的滋味。讓自己體會到此時此刻的苦悶只是一段過程，而且是必要的過程。

這時你的思維連結不再會是動筆等於挫折跟失敗，而是動筆等於最後會有成果。這種思維的訓練非常重要，我幾乎每天都會給自己各種獎賞，在腦子裡一次次練習將各種挫折轉變為動力，如今我的思維幾乎就變成了：「下筆等於努力，努力等於邁向成果，而成果帶來書的完成，所以可以簡化為，下筆就是靠近完成。」每次的下筆對我來說都是靠近結局的。即使中間遇到挫折，我也因為曾經反覆練習過，知道那些總會過去的。

寫作時我對自己很好，每天記下寫出的字數，寫到了額度，就讓自己看一本好看的書、看一齣劇，或做點自己喜歡的事，先苦後甜，那滋味往往特別難忘。即使寫得不夠好，我還是會肯定自己今天的努力，不會因為寫得不夠好，而懷疑自己的天分或才華，我總是跟自己說，接下來會變得更好。給自己時間試錯，甚至不以為錯，珍惜自己每一次的書寫，但不過度重視結果，因為一次寫作結果不代表什麼，要讓作品更好，需要的就是不斷修改、調整，甚至是接受別人的建議。總之，寫草稿時，可以任性一點，讓自己的想法充分發揮，之後再以更嚴格的方式逐一去修整。

動筆是寫作者的日常，是每天都要開始的事，所以需要儀式，需要方法，需要練習。我以前寫過，動筆就是坐下來寫，什麼也不管，先寫出一些段落再說。

我至今仍覺得這個方法很好，用來寫任何東西都適用。每天找出一個時間作為寫作時光，這個時間一到，不管你是用鋼筆、原子筆、鉛筆，或是用電腦，桌機、筆電都無妨。拉開椅子坐下來，想聽音樂不聽音樂都可以，在家裡、在咖啡店、在圖書館，都行，只要是你坐下來舒服，待得住，坐得久的地方都可以。找到合適的場地跟工具，時間一到就開筆，可以先把昨天寫過的文章看過一次，修改錯字，潤飾文章，甚至照著重寫一段，主要就是讓自己找回文字感，熟悉劇情，進入氛圍裡。

接著還是寫，寫得好不好先不管，我在寫作的第一個小時常常都是在寫無用的東西，但過了一個小時，只要沒放棄，應該已經進入狀況了。那麼，按照自己的計畫，一天一千字兩千字，甚至五百字都可以。抓住那個靈光閃現的片刻，前面的練習都是為了等待這個靈光，那是一種終於寫進去了的感覺，把那個時刻裡你感受到的、想到的，合適於此刻書寫題材的文字都抓下來，寫進文章裡。

在寫作一本書的早期，如果狀況不好，就讓自己一天只寫兩到三小時，讓自己還沒精疲力竭、氣急敗壞之前停筆，因為明天還得寫呢！

就是這樣，每天寫一點。今天寫不好，還有明天，明天寫不好，還有後天，只要你不是光說不練，只要你有寫，就是好，就值得鼓勵。在寫作中學習忍耐與堅持，學習面對挫折與失敗，因為即使是天才作家，也有寫不順與寫不好的時刻。**你要記得你不是唯一個寫作不順的人，不是唯一一個為寫作所苦的人，每個寫作者都很辛苦，但只有寫完作品才會是解脫。**你可以做的是，即使寫不好，寫不順，即使一天能用得不到幾百字，但你堅持下來了，你持續書寫，你沒有離開。這本書，這個作品，會因為你的耐磨、你的堅持、你不懈的努力，慢慢趨向想要的狀態。即使不是最好的，但只要靠近了自己，你會體驗到那種從想像變成真實的經歷，那真的會令人感動。

對自己好一點，這個好包括嚴厲，也包含寬容，你看得到自己不夠好的地方。當看到自己努力下寫得不好的地方，可以透過修改讓它完善，倘若這一次能做到的已經都做了，還是不夠完美。沒關係，總會有下一次與下一本，有些缺點，就是要透過一次次的練習才能改善。重要的是，你沒有放棄，你沒有逃離，你與作品不斷協商、不斷靠近，這是唯有你自己可以替自己做的事。保護你的才能與作品最好的方式，就是去實現它。透過動筆實現它，透過真的寫出文字，變成文章，然後才會有出版成書的機會。不要追求成為一個作家，而是追求成為一個持續寫作的人。只有作品才是你最需要的。

你已經在靠近它的途中，要鼓勵這個持續努力的自己。

為你點一盞燈

給自己時間試錯，甚至不以為錯，珍惜自己每一次的書寫，但不過度重視結果，因為一次寫作結果不代表什麼，要讓作品更好，需要的就是不斷修改、調整，甚至是接受別人的建議。

才華不夠怎麼辦？

不管追求什麼夢想，想要從事什麼專業，每個人都想出類拔萃，成為最好的，希望自己就是那個天選之人，光靠祖師爺賞飯就吃不完。

我寫作至今，認識過很多天才，他們擁有各種驚人的天賦，都讓我自嘆不如，我年少時也有些小小天分，寫作或許不是我最擅長的，我只是特別喜愛寫作，並且在過程裡可以繼續努力，就這樣一路走下來。

有人問我，如果看到朋友或學生很愛寫，但怎麼寫都寫不好，看起來應該是才華有限，要不要勸他改行？免得他走冤枉路。也有學生問我，老師，我真的適合寫作嗎？我才華足夠嗎？會不會最後怎麼努力也突破不了極限？

第一個問題，我的建議是，不要阻止一個人去做他熱愛的事，但寫得不夠好的部分可以給予他客觀的意見，不用勉強褒獎，也不要刻意阻止。因為，什麼是冤枉路、怎樣的人生才不會白費功夫，這又是誰說了算數呢？說不定有些人就是開竅晚，大器晚成。

我自己年輕時就曾被好友勸說不要再寫作，她說我不是這塊料，不忍心看我將來吃苦。因為是很信任的朋友，讓我心裡非常難過，可是我沒聽她的話放棄，因為我真心熱愛，無法輕易放棄。如果我不是那麼固執，如果我更脆弱一點，或許我就真的放棄了，也沒有今時今日的陳雪。

不知道自己適不適合，有沒有天分，能不能突破？這些問題是要真正去寫去做了才知道的，想寫的人你無法阻止他不寫。選擇放棄的人，你也無法勉強他去寫。這條路適合誰？我覺得就適合心甘情願，義無反顧，不寫不行的人。

倘若努力了很久，沒有成名，也沒有暢銷，想改行也沒關係，你可以問自己夠了嗎？為這件事所做的，可以不後悔嗎？在這段時間裡，你付出的都是自願的。你為你的夢想真實地努力過了，那段時光可能慘澹，但卻也是輝煌的，因為你盡力了，人的一生裡有多少時間可以為自己的夢想努力呢？那樣的時光即使沒有兌換成現實的名利，也會留下珍貴的作品。

但凡是關於創作，不肯付出也就不會有真實的收穫，寫作最公平的地方是，一個人就算擁有最多的人脈跟資源，卻也是要靠自己一個字一個字寫，才能寫出作品，即便你已經名滿天下，獲獎無數，每一次開始寫一本書，卻依然是全新的開始，過去的成就無法保證你下一本書的品質。人人都一樣，都是從第一個字開始寫，直到最後一個字完成，這漫長的過程中，寫作者可以依靠的，只有他自己。每個人都可能面對才華不夠、信心不足，甚至自信崩潰的時刻，唯有鍥而不捨的努力，唯有克服了那些寫不好與不能寫的困難，才能夠完成。

我年輕時沒想那麼多，一路傻傻寫下去，卻也走出一條可行的路。我寫了三十幾年，要說這三十年都是靠才華支撐下去嗎？一定不是的，我依靠的是我對寫作的信任，我相信寫作是一步一腳印的事，我也相信日積月累的書寫，才能將自己的才能最大程度的實現。寫小說需要的不只是才華，還有一種難以言說的傻勁。

我覺得我的才華只要足夠我每天可以坐下來，專心寫一千字，就行了。我的才華只要讓我在沒有得獎時，能夠去理解文學本來就不是競賽，獎項不能決定一切，我還是可以安心寫自己的作品，就夠了。

我有才華嗎？應該是有，但足夠嗎？要看你想要用這份才華做什麼。

我覺得對於自己選擇、熱愛的事物可以用心鑽研，願意日復一日去努力實現，就是一種極為獨特的才華。在困頓時，能夠判斷自己的行為具有價值，並且願意熬過困頓，這種心理素質也是才華。

我認為真正的才華不是讓你可以輕鬆寫意，變得比別人更優秀，而是讓你可以克服困難，走別人不能走的路，吃別人無法吃的苦。你耐得住寂寞，扛得住失落，承受得了挫折，因此你可以比別人走更遠，這種才華最珍貴。

我很早就有覺悟，別人揮筆寫就的，我需要反覆磨練，別人輕易領悟的，我有可能需要繞遠路才想得通。但是感謝上天，文學這條路，並不急功近利，也無法一次收成，它是這樣一條漫漫長路，一次成功不算成功，一次失敗也不代表失敗，它實在有太多種可能，於是我們有各種歧路可行，每個人都有機會找到自己的路徑，創造出一個新世界。

珍惜天賦，但不要依靠天賦，愛惜才華，但不用盡信才華。寫或不寫，繼續還是放棄，聆聽你自己的心，做出讓自己不後悔的選擇。選擇了，就好好去實踐它，那麼到最後，即使結果不能盡如人意，也要珍視自己的努力，因為那是你的人生，只有你可以定義它真正的價值。努力過的每一刻，寫出的每個字，都是你最珍貴的記憶與資產，那些都真貴如金，不會白費。

為你點一盞燈

真正的才華不是讓你可以輕鬆寫意，變得比別人更優秀，而是讓你可以克服困難，走別人不能走的路，吃別人無法吃的苦。你耐得住寂寞，扛得住失落，承受得了挫折，因此你可以比別人走更遠，這種才華最珍貴。

靈感從哪裡來？

我最常被人問的問題就是，靈感從哪裡來？我常說自己寫作不靠靈感，靠的是自律以及平時的練習。

年輕時也曾靈感迸發，可以幾天幾夜就寫出一個短篇，出書之後，經歷過很長一段時間無法寫作，為工作所苦的時光，我養成了隨時隨地思考小說的習慣。即使不能寫作我也牢記自己是個寫作者，寫作無時不在我腦中，只是我有沒有寫出來而已。

專業寫作之後，我生活最精華的時間都用來寫作，每天寫作，就像每天吃飯喝水，就像呼吸，已成為生活的重要部分。每一本書的誕生，都源自一個意象或某個畫面，那個難以忘懷的畫面會一直跟著我，我就沿著它一點一點去抓、去想，慢慢把故事生出來。我從小就養成一個習慣，對人不輕易下判斷，我只是認真去看、去觀察、去設法理解，我覺得這是寫小說的人最需要具備的。你有一雙眼睛，要讓這雙眼睛比別人更透亮，看得更遠更寬，還要能看進人的心底去。

寫作的題材跟靈感最好從生活裡發現，這個發現不只是去田調，最好是你自己平時切身關心的題目，以及你最有感覺的主題，那樣寫來會更有感、更自然，而這些感受平時就要關注。我因為自小在市場長大，身邊的商販、客人、店家，以及各種營生買賣的人形形色色，浸潤其中的我，在腦中早已種下世間人百百種的印象。但我早期寫作反而是寫都會，那是我匱乏的經驗，因為匱乏而希望擁有，所以第一本書裡的酒吧夜店，迷離幻影，都是出自我僅有一次去酒吧的印象，加上想像寫就。那時的想像除了自己的經驗，主要還是靠電影跟小說的知識跟記憶。

我常鼓勵年輕寫作者，有機會去打工就要好好把握，不管是什麼工作，你只要認真去做，都會有所體會。如果沒有機會打工，認真觀察研究自己的周遭環境也是好方法。我寫《摩天大樓》就是因為我在二〇〇二年住進了一棟超高大樓，搬進去當然不是為了找題材，但身在其中，只要你夠敏銳，生活自然會觸動你。

我是在住進大樓幾年之後才想要寫那棟樓，但我的記憶裡已經累積了好多素材，我雖然沒認識什麼鄰居，但卻有機會近身觀察大樓管理員、房仲人員、清潔阿姨、樓下便利商店店員等等。那棟大樓有很多小套房，住戶龍蛇雜處，一般人可能會覺得複雜，感覺害怕，但我因為天性對人充滿好奇也不帶偏見，因此我收集了很多住戶的印象。大樓裡一段時間就會有不同風格的住戶，比如有段時間住很多外國人，他們都是附近國小教英語的老師，有一陣子好多外國模特兒，金髮碧眼模樣醒目地跟我們一起去等公車，聽口音不是英美人士，後來問房仲大哥，才知道他們是東歐來的。大樓生態一直在改變，我也時時留意著。

來自生活與生命的素材，我都記在心裡面。有時我會去想像那些人過著怎樣的生活，大樓因為這些住戶又可能有什麼樣的改變。準備寫摩天大樓時，我最開始做的就是人物素描。這種素描我很擅長，除了白描，我也會擴寫，就是從人物的外觀與打扮開始想像，賦予他們身世與故事。

這種練習我時時在做，以前我常搭公車出門，公車上各種乘客，穿著打扮、體型外貌，每一個人都能引發無限聯想。我也常出去走路，看路邊店面各種營生。我自小對什麼都好奇，路上撿到一張紙也要拿來細讀，看到工人在路邊施工，我會停下來看，送瓦斯的先生來了，摩托車嘟嘟嘟的聲音，他如何扛起瓦斯桶、身上帶著什麼工具、腳上穿的拖鞋，我都印在腦中。

我是那種連家裡有水電工來維修，都要觀察甚至借看他們工具箱的人，不錯過任何一次可以近身觀察的機會。我也因此有機會跟各行各業的人交談，不是為了田調，就是習慣這麼去做。

這些人事物都是我們最好的老師，所謂的靈感，是在時時觀察、思考、想像之後，經過觸發產生的東西。你必須時常保持這種習慣，並且練習觸發它。舉個例子，多年前我認識一個鐘點清掃的阿姨，熟悉之後有次她對我說，她覺得自己有購物癖跟囤積症。我問她購物癖是如何，囤積症又是怎樣，她鉅細靡遺對我說。因為我既不批判她，也沒有要改正她，她就敞開心胸對我細說。當時我聽到就覺得可以寫成一篇小說，我也沒有立刻寫，而是擱在心裡醞釀，幾年後這個人物被我脫胎換骨，變成了《摩天大樓》裡一個重要的角色。

我不依靠靈感，我製造靈感。

每天我打開電腦，腦中累積這麼多年的人事物自然就會形成故事。但即使如此，一開始所謂的靈感也不過就是一些浮光掠影，某個畫面或印象，真正要到可以變成小說題材，還需要提煉與構想。但那本來就是我的工作，我習慣了寫作前必須思考，我也擅長等待，等待某個畫面變成故事，故事再變成小說。這些需要的不只是靈感，而是具體實踐的能力。

我以前常說，記不住的事情不值得寫下來，我不是反對寫筆記，而是要訓練自己當場就要用心去記住，我看到特別在意的事，就會在心裡反覆琢磨，想了又想，直到融入記憶裡。當然時間會磨損記憶，有時，我會寫一些像是草稿的小東西，短則幾十字，長則數千。這些題材我都存在電腦裡，也許不會去打開來看，就是為了加深印象與擴展想像而寫，把材料處理成可用的訊息，這些都是彈藥庫，將來都可能用得上。

寫不出來時，不用勉強自己去寫，但可以讓自己沿著眼下要寫的東西想一想。我的方法是去散步或搭一趟車，就是讓自己身體動起來，讓身邊的景物變化，脫離常態。一旦你脫離了慣性，腦子就會靈動起來，而這時讓自己思緒淨空，什麼念頭升起來都可以，隨著走路或搭車的節奏，眼前景物變換，有很多訊息會出現。當你專注在眼前風景、路過的人物，以及偶爾吸引你目光的事物，可能某些關於寫作的東西就出現了。你就任它去浮現，放輕鬆，不用急著立刻寫下來，讓它長得多一點，寬闊一點，甚至就可以開始啟動想像了。腦子裡很多地方儲藏的知識跟記憶也會啟動，你就繼續往前，或者開始慢慢走回家，回到家可以先寫筆記，或者立刻打開電腦或稿子開始寫。

另一種增加靈感的方式，就是立刻寫，寫一些關鍵字，比如「摩天大樓」，關鍵字可以是「大樓」「上千戶住家」「佇立在市區的龐然大物」，一個一個關鍵字寫下來，就會慢慢有感覺。關鍵字之後就是背景，有樓自然有人，這麼龐大的大樓會有多少人人呢？上千戶住戶，都是什麼樣的住戶？是男或女、幾歲、什麼長相、什麼職業、租或買。背景出來就是故事，他們為什麼住在這裡、他們可能發生過什麼。沿著這樣不斷地去寫，寫出幾個代表性的人物，去思考這些人可以發生什麼故事。

如果你已經開始寫了，當你處在一個已經開始的小說或文章裡，缺乏靈感時，可以反覆去看自己已經寫出來的東西，然後找出漏洞或者不足之處，想想看除了你已經寫出來的，還有什麼沒有思考過，可以再延伸的，以及你書寫的東西背面是什麼，思考背面或反面是一種很好的訓練，幫助你改變思考方式，擴大作品的可能性。

如果你覺得都寫足了，接下來卻沒有想法，那就是沿著它的邊，設法再走遠一點，或者把視角往前延伸，發生這些事之前，還有什麼事，導致了現在的處境？一點一點往前或往後走，靈感並不神祕，它就像路上的小石頭，邊走邊撿，它就會慢慢帶你走向遠方。

無論如何，保持練習，保持警醒，保持總是與喜歡的作品有關聯的狀態。奇妙的是，當你總是想著它念著它，它自然會形成一個宇宙，將你周遭的一切包含進來。屆時你會發現，你看到的人事物、你正在讀的書、你追的劇、你朋友告訴你的事，甚至電視新聞、網路話題，好像什麼事都與它有關，突然它無處不在了。到了這時你就會知道，你不需要靈感，因為它已化入你的生活，與你深深相連。你需要的只是找個椅子，把電腦或稿子打開，然後靜下心，給自己兩小時，將所謂的靈感化成字句，然後沿著這些字句，走到你的作品裡。

為你點一盞燈

我從小就養成一個習慣，對人不輕易下判斷，我只是認真去看、去觀察、去設法理解，我覺得這是寫小說的人最需要具備的。你有一雙眼睛，要讓這雙眼睛比別人更透亮，看得更遠更寬，還要能看進人的心底去。

支持我走過三十年的四個原則

有人問我，要不要設下停損？該不該給自己期限？

我覺得重要的是建立自己的原則。實現理想的過程裡，把握住幾樣重要的原則，就不至於滅頂。

我自己的第一原則是不要借錢，除非是房屋貸款或是創業補助，否則盡量不要借錢來實現理想，尤其是寫作這一項工作。

我自小因為家裡曾有過負債，對於債務會如何影響一個人或一個家庭，有很深刻的感悟，所以我總是呼籲大家還是要努力賺錢維持生活。理想的實現並非一朝一夕，透支或借貸卻可能導致滾雪球效應，一發不可收拾。一邊打工一邊寫作沒什麼不好，時間多寡自己可以衡量，實現理想的基金最好自己慢慢儲備，因為寫作或相關創作都不是可以立即兌現的，就算完成極好的作品，可以換得多少金錢報酬誰也說不準。倘若是借貸而來，那就會給自己太大的壓力，在還債的壓力下寫作，很難做到全然投入。

我的第二個原則，就是不要期望長期飯票，或某人的協助支持。我曾經經歷過有人信誓旦旦說要「給妳一個小屋，讓妳專心寫作」，但最後結果都很慘。一來是真正可以無私付出的人很少，對方說好要支持你，但最後你發現自己人財兩失。二來生命無常，對方可能真的有心，但能力上做不到。經驗告訴我，盡可能自己賺錢，或多或少，至少得養得活自己，有一口飯吃。那麼，你就可以一直保持那份底氣，這個底氣對寫作非常重要。

第三個原則是，保持彈性。很多人都抱著寫作與上班只能兩者擇一的心態，上班就不能寫作，寫作了就無法上班，如此極端的想法造成裹足不前，遲遲無法出手，讓時間白白溜走。寫作這件事，說來重大，但也可以成為一個人內心的祕密。我在三十二歲之前，一直都是用這樣的心情在寫作，這是屬於我自己的祕密。我願意為它犧牲睡眠，願意為它到處打工，我甚至不會跟別人提起我在寫作，也不企圖徵求別人的同意，我要寫就寫，不需要別人認同。

到臺北之後，我一開始就設定一年要賺三十萬，才夠生活開銷以及支援家人。這目標看來很難，但如果把自己當作一個寫作工，好像也不是做不到。以前做過很多工作，所以當我把寫字拿來當成工作時，只要心態調整好，也覺得並不難。當時我是把寫字賺錢的陳雪跟寫小說的陳雪分開來的，比如寫旅遊稿，當記者我並不擅長，可是發揮小說家的創造力我還是做得挺好。我並不打算以旅遊報導成名，只要準時交差，達成使命就心滿意足。那時的我，看起來非常矛盾，一方面我毫無保留地為小說付出，但另一面的我會精明地跟業主談價錢、談合約，發揮我業務員的精神，絲毫沒有文學家的顧忌。那時的我還沒將自己視為小說家，我只是個小說練習生。很多人無法接受小說家愛錢，好像提到錢，文學人就應該立刻臉紅，但我不這麼想，為了保護我的理想，必要的現實能力是得有的，我雖然天真，卻並不笨，我寶貴的時間不想被人廉價消費。

第四個原則，保護自己。寫作這條漫漫長路，現實的報酬幾乎不成比例，但卻依然必須面對所有人的檢驗。不管是第一次出書，或發表或參賽，那心情總像是把人生所有全部梭哈了一樣，很多人因為第一本書沒有得到成功，就跌落深淵，因為某些人的評論，就失去鬥志，我覺得這樣很不值得。有人評論你，喜歡或不喜歡，或者沒人評論你，你感覺被忽視了，與漫長的一生相較，這都不過是一個短暫片刻。當然一定會有感覺，不可能被批評了還覺得開心，我的第一本書為我寫序的人給我的評價，我掛記了好幾年，可是那評價會在我心裡變成一個激勵的聲音，變成我進步的動力。

我是我的小說最好的說客，我是我自己最努力的支持者，因為我初初寫作時，全世界都反對我，我若不保護自己、不相信自己，那還有誰能帶給我力量？

至今我仍保有這種「謝謝指教，下一本再努力」的心情，去面對各種批評。我的小說若過了阿早這一關，誰再來指正我，我都不會動搖。「謝謝指教，下一本我有機會再改進」是我的真心話，但誰知道下一本會遇到什麼困難，我只能說，容我再努力。

這個「下一本」是我寫作可以維持三十年的法寶。

我永遠會給自己機會，我從不澈底否定自己，不管誰怎麼說，我覺得能寫出來就是好事，於這世界來說那只是一本書，但是對我來說，那是一年或兩三年血汗的付出，我當然要支持自己。

三十年來，我就是靠著這些原則，支持著自己一步一步走過險境。我沒有拖累別人，也沒有把自己逼死。我務實地朝著心中理想的生活邁進，我不把自己看得非常重要，也不把自己看得太過渺小。我覺得我就是一個喜愛寫作，並且立志成為專業作家的職人。我要求自己專業，但也不會無止盡地追求完美。我會適當地放手，讓作品這階段真正的面貌呈現出來，我把小說收尾，告訴自己，我現在最好就是只能做到這裡了，我盡全力了。然後不再苛責自己。

自始至終，其實真正可以審核、監督、要求我們的，都只是我們自己，勇敢面對自己，保護自己，也讓自己保有一條可以走下去的路。

為你點一盞燈

很多人無法接受小說家愛錢，好像提到錢，文學人就應該立刻臉紅，但我不這麼想，為了保護我的理想，必要的現實能力是得有的，我雖然天真，卻並不笨，我寶貴的時間不想被人廉價消費。

寫出只有你可以寫的作品

有人問我，假如沒有得獎，出書銷售量也不好，那要怎麼肯定自己？怎麼確定可以寫下去？會不會做白工？會不會走錯路？

早年寫作，全憑一股熱情，我本就沒有參賽的意圖，後來是朋友偷偷幫我寄去參加比賽。我知道自己的小說寫得大膽，想要得獎恐怕很難，但還是忍不住去偷看了那期文學雜誌，果然我落選了。但沒想到我是因為沒有得獎而有機會出書，這是我幸運的地方。

可是我想，如果當年沒有出書，我還是會繼續寫作，有一天我還是會出書的，只是時間早晚而已。

後來我出了書，因為作品爭議，評論自然也很兩極，看到差評心裡也會難過，但我早就做好心理準備，在我寫下那些小說的時候，我已經知道很難得到世人的認同。可是既使如此，我還是必須寫出來，因為那是屬於我，也是我才可以寫得出的小說。

以爭議作品出道，很快就拿到第二份出書合約，但第二本書出版後卻完全沒有任何評價，好壞都沒有，就是安安靜靜地出版了，慢慢地絕版了。那時我正忙著到處送貨，只有一次去虎尾的書店送貨時無意間看到自己的書放在平臺上，當時我還不覺得自己是作家，以業務員的身分看著自己的書放在平臺上，心情非常複雜。

第三本書，小小的一本小書，封面很可愛，但出版不多久，那間出版社就結束了，後來又變成了絕版書。

然後是長長一段無法寫作的漫長時光，做著不喜歡的工作，扛著家裡高額的債務，每天行屍走肉般地努力工作，為了不讓家裡再度破產而日日操勞，我以為那樣的生活沒有出路。我記得那時送完貨回到家，總是一邊看著重播的連續劇或電影，一邊幫手錶調整時間，直到精疲力竭，才去房間睡覺。

有一天我終於決定要趁著睡前寫一點小說，我打開電腦，起初毫無頭緒，隨意地打字，每天晚上我都讓自己去電腦前呆坐著，彷彿為自己立下結界，每天一兩個小時，屬於我自己的時間。我終於可以從卸下女兒，伴侶，生意夥伴的身分，我只是我，是一個想要偷時寫小說的人，我每天透支兩三個小時睡眠，一年後寫下了《惡魔的女兒》。

我終於理解，想要成為作家，只有寫作而已。

第四本書，依然是一版後就絕版。有很長時間我到書店去，都找不到我自己的書。

二〇〇〇年到二〇〇二年，我爭取到一週只工作四天，趁著剩下三天規律寫作，寫出十二萬字長篇《愛情酒店》，我帶著那本書到了臺北，成為了職業小說家直到今天。

我熬了很久很久，窮苦卻不潦倒，物質生活只有最低水平，即使生活充滿各種精神或肉體上的痛苦，我還是想要寫小說，我依然繼續寫著。

從寫《橋上的孩子》到《附魔者》那些年，因為開始轉變風格，失去了原有的讀者，我的書賣得並不好，我靠著做著大量的文學打工，寫採訪、寫傳記、寫專欄，甚至寫一些很奇怪的專題，讓自己活下去，並且可以寄一些錢回家幫忙還債。那段漫長而孤獨的時光裡，我總是利用工作的空檔努力寫小說，那時我懷疑過自己嗎？說真的，一次也沒有，我沒有懷疑，沒有後悔，有的僅是自己喜愛的工作賺不了錢幫助父母而有的自責。

我知道我放棄了一切到臺北，為的就是寫小說，可是你問我，我覺得自己夠好嗎？我有天分嗎？我會成功嗎？我根本不知道，我不想去追問，也無須追問。因為寫作是我最喜歡的事，我想要不計代價地去做。如果要計算得失、衡量是否值得，那我根本就不會離開家，不會放掉工作。每天只要找到一點空檔，在那個安靜的小屋，不管是在寫稿或是在看書，我就會覺得，我是在活屬於我的生命，一點都沒有白費。

有一天晚上阿早問我，如果妳一直都沒有得獎，出了書也賣不好，還是會相信自己嗎？

我非常肯定，我會相信自己。因為最初只有我相信我自己，到最後我也還是會相信自己。不管有沒有得獎，出書後賣了多少本。我就是我，我所寫的是只有陳雪才能寫出的小說，我知道光是這樣，那本書就有存在的價值。

這十年來，我每年都出版一本書，每次到了宣傳期，不可避免總是會看排行榜。看久了就會知道，潮流來來去去，每年都有新的作家出現，新的得獎王，新的當紅炸子雞，可是不管是銷售量或是得獎，或其他榮譽，對當事人來說可能開心個一兩個月，就會過去了。當然那會帶來肯定或金錢，但我認為可以讓作家每天每天不厭其煩地回到書桌前，每天每天忍耐著腰痠背痛等各種寫作的勞苦，繼續寫下去的，不是那些榮耀與金錢，而是對寫作的熱愛。而真正可以讓你認識到自己是誰，做了什麼，處在什麼位置的，也是那些貨真價實的作品。

選擇你喜愛的，寫你想寫的，耐心地去完成它，然後無論世俗的回報多少，將那些當成是作品本身回到現實面時必然的遭遇。得了獎，開心一下，熱賣了，開心一下，沒有得獎，沒有拿到補助，沒有上排行榜，會失落也是正常，但那些都不是主宰一個人能否繼續寫作的主因，可以主宰你的作品的人，只有你自己。

那麼要如何不憑藉世俗的回報而肯定自己呢？我覺得，真心面對自己的寫作，一切都會變得很清楚，只要你為這個作品盡了全力，你就沒有辜負它，沒有辜負這一段不論多長多短的時間。倘若盡了力還是寫得不夠完善，也沒關係，因為我們還可以寫下一本，期許自己在下一本書裡進步。

寫作是一條長河，是我們的生命，不會因為某一天的陰晴雲雨而定終生。每一本耗盡心血完成的作品都應該被慎重對待，而可以寫出這樣的作品，就是那時候最好的你。

我們不需要成為最強的人，也不一定要是最優秀、最天才的，去掉那些耀眼的頭銜、稱謂，讓自己就像一個農夫、一個職人，在自己的專業裡辛勤地磨練、刻苦地努力。那些經過長時間努力而造成的細微差異，你自己一定很清楚，每一步都不會白費，只要在每個階段寫出這個階段最好的作品，就對得起自己。

不跟別人比較，也不因為他人的議論而心生懷疑，因為你知道，這是你所擁有的，最重要的事物。你知道，寫作的意義與價值不是一朝一夕可以驗證的，它需要更長的時間去證明。只要你能養活自己，就能養活你的作品，而或許有一天，你的作品會回過頭來滋養你、幫助你。

每個創作者都是敏感的，會為外界的評價、書的賣量、獎項獲得與否而在意，那是正常的，甚至那也是我們的天賦之一。可是我認為一個好的創作者，應該把作品看得比自己的感受更重要，也就是說，完成作品的過程裡，挫折感、失落感，甚至是徬徨無助的感覺都是必然的，不能為了躲避那些感覺而繞路，或者逃避不寫。你可以把那份得失心、失落感，甚至是挫敗感，投入到你的作品裡。當你處在低谷時，才可以真心去感受同樣失落與痛苦的人。當你處於順遂與得意時，你也可以順勢去理解那些得意的人的心境。為了寫出更好的作品，我們必須去經歷，去面對與處理那些人生必然會經歷的悲歡離合、跌宕起伏。可是，無論處在什麼狀態，只要你還能寫，寫作就能幫助你超脫這些苦楚，把苦難變成作品的血肉，也藉此讓自己變得更堅毅、更寬闊。

甚至是那些寫得不順、寫不出來，以及看起來像是沒有在寫作的時刻，只要你還心懷夢想，你可以銘記那每一個時光，靜心等待可以寫作的時刻到來。

寫出只有你可以寫的作品，無論需要等待多久。給自己時間，一點一滴地積攢，一步一步地前進，你終將會因為寫出的作品而活出自己的樣子，那些作品也將會變成最好的階梯與堡壘，讓你持續邁向你要去的地方，並且忠心地守護著你。

寫出只有你可以寫的作品，這就是肯定自己最好的方式。

為你點一盞燈

讓自己就像一個農夫、一個職人，在自己的專業裡辛勤地磨練、刻苦地努力。那些經過長時間努力而造成的細微差異，你自己一定很清楚，每一步都不會白費，只要在每個階段寫出這個階段最好的作品，就對得起自己。

用堅強的身體與心理支持你的夢想

說起寫長篇小說，我覺得最重要的素質就是熬得住，寫得久，可以耐煩修改，有能力將作品完成。不只是心理上熬得住，身體也要挺得過去。

我自小身體很弱，幾乎一晒太陽就會流鼻血，體育課老師都讓我坐在樹下乘涼，羨慕地看著大家在陽光下打球跑步。羨慕歸羨慕，我從來也沒想過要運動。開始寫作之後，幾乎都是在夜裡寫稿。大學畢業後，很長時間在做勞動工作，為了搶時間寫作，半夜寫稿到天亮，直到三十二歲到臺北生活，寫作成為我的主業，我才慢慢開始調整作息，但晚睡晚起的習慣還是改不了。

我是在三十七歲開始寫《附魔者》的時候清楚意識到，寫小說是一項體力活，哪怕你腦中有再多靈感，有多少驚天動地的新奇想法，你的身體是去實現那些想法唯一的工具。

二〇〇七年，從不運動的我，知道自己即將開始書寫一部超過二十萬字的長篇小說，決心開始運動。我到住家附近的瑜伽教室練瑜伽，在泳池裡跟老人一起舉高手走路，也到附近的小學跟公園健走。那時我體前彎根本只能碰到膝蓋，做個下犬式就快要掉了我半條命，我毫無慧根，只靠著恥力無限，所以可以每週兩次到瑜伽教室去。

我一邊不熟練地運動著，一邊感覺到自己的身體在改變，我從二〇〇七年寫到二〇〇八年，把二十三萬字的長篇完成了。

不知幸或不幸，我在二〇〇八年底罹患了自體免疫疾病。本該是不幸的事，但罹患此病卻讓我經歷整個人打掉重練的過程，也讓我一次又一次經驗到，不管在什麼情況下，我還是可以找到寫作的方法。對我來說，這個病又成了一種貴重的歷程。

生病當然又是一陣天翻地覆，二〇〇九年與阿早重逢，那時我已經病到根本無法寫作了。手不能握筆，不能拿筷子，後來慢慢發展成眼睛長期發炎，睫毛幾乎都掉光，視力很模糊，讀書都有困難。我記得那年有一個研討會，我要交一篇短篇小說，勉強自己寫作，但寫到三千字我的右手就連滑鼠都握不住了。我很著急，在網路上尋找可以用聲音辨識的軟體，買回家後發現我說出來的語言它根本辨識不了。為了讓電腦理解我的文字，我必須講得更口語，可是那樣一來，根本就不像我的小說了。我在那之後就很排斥聲音輸入法，即使到了現在手機那麼厲害了，我還是覺得用講的跟用寫的就是不一樣。

那時候我每天熱敷手掌，朋友從香港給我寄來超級厲害的人體工學鍵盤與滑鼠，勉勉強強把一萬字短篇寫完，就進入了長時間的休息。

後來可能因為免疫風溼科的醫生給我的藥起了作用，也可能因為我每週兩次去中醫報到，吃下的中藥起了作用，也可能因為我持續不斷地去公園走路，我不知道。我花了一整年的時間，讓自己又恢復到可以寫長篇的狀態，二〇一一年，我以自己都不敢相信的方式，寫完了三十二萬字的長篇《迷宮中的戀人》。

後來的這十年，我又寫了很多長篇小說。

我想，我不是最健康的那個人，可是我一直努力在讓自己的身體適應各種狀況，我總是會去調整自己，讓自己可以寫作。

朋友說我的意志力很強，但我覺得我靠的不是意志力，而是一種適應力，一種可是讓自己持續去做自己想做的事，想方設法去做的能力，我非常有耐心，對於各種挫折，可以窮極一切力量去克服，因為一直在跟身體的各種病痛打交道，我發展出各種可以在病痛中寫作的方法。你不一定要是最強的那個，但可以期許自己走得更遠。

所以有人問我，寫作時覺得累、不耐煩，或者覺得自己的作品寫不好，對自己生氣失望時，該怎麼繼續下去？

我會說，那都是必然的過程，就是去適應它、面對它，然後找到應對的辦法。

即使像我這麼喜歡寫作的人，都會經歷寫得不好、不順、自我懷疑，或者覺得自己天分不夠的時刻，那都是家常便飯。寫作並不總是快樂的事，寫作的快樂大多來自於「克服了困難」，也就是說，本來寫不好，慢慢地寫得比較好，本來寫不順，因為你一直去面對、去修改、去找問題，鍥而不捨地與之協商、應對。困難越大，你就越強韌，要知道，我們之所以努力寫小說，不是因為它很簡單，而是因為它很困難，而我們想要透過這一件困難的事，把自己的所有力量實現出來。每當你完成一本書，你感覺自己好像都蛻了一層皮，很多原本沒有的東西長了出來，你幾乎成為了一個新的人，所以寫小說才變得那麼迷人。

每個認真面對自己作品的人，都會遇到類似的困境。差別只在於，你有沒有放棄，你有沒有想到處理的辦法，你有沒有把那條路走下去，你有沒有終於還是把它寫出來。

每個人的生活狀況、經濟情況、能夠投注在寫作上的時間都不一樣，所以你可以依照自己的生活現狀，為自己量身打造一個適合寫作的時間。先認清困難是一定的，撞牆是一定的，寫不好是必然的，接受這些困難本就是寫作的一部分，然後用自己可以接受的方式去改善它。

像我的小說初稿總是慘不忍睹，任何人要是看到內容，幾乎都不敢相信我已經出版二十幾本書，可是我對自己有耐心，我不會以一本書的成敗論斷自己。我本來就不是天才，我不需要一蹴可幾，我也不需要像別人那樣下筆成章，一字不改就可以出版，我不需要透過那樣的寫作來肯定自己，我喜歡慢慢寫，慢慢修，我喜歡看到自己從寫得不好，慢慢變好的過程，我喜歡知道自己本來就是凡人，可是透過不懈的努力，可以讓一個凡人發揮極致，寫出超越自己能力的作品。

但無論如何努力，保護身體、讓自己免於受傷、減少職業傷害，都是保持續航力很重要的事。

我的方式是盡可能吃簡單的食物，讓身體漸少負擔，盡可能每天都睡滿八小時，盡可能保持一定程度的運動，讓身體不斷適應老化，而發展出它的韌性。我還會善用工具，比如我不用筆電，我使用桌機，找到最適合我自己身高的桌子，加上可以保護腰部的椅子。我把螢幕墊高，讓滑鼠降低，我使用比較小的鍵盤，減少手臂的過度移動。平日裡我也會訓練我的腰背以及手臂，我不讓自己過度低頭，以防止頸椎突出，我經由各種瑜伽動作的協助，改善了腰部疼痛的狀況。我每天寫作是定量的，為了減少手的傷害，滑手機的時間也盡可能減少。每晚我都會熱敷眼睛，一旦感到手臂或手腕有任何不適，我就會去找相應的復健方式去調整它。

就是這樣，所有的一切都為了寫作而準備。為了寫得更久，走得更遠，我的一切都有所節制，這些節制、調整、準備，都讓我可以有更強的續航力。

而日復一日地回到書桌前，我總是告訴自己，這是新的一天，每一天都可以是全新的自己，過去沒做好、沒達到、沒有成功的，在未來的每一天都有機會去做到。

給自己以時間，以耐心，以善意。寫作是一件很難卻很美好的事，慢慢來，不要急，每天每天累積，每天每天練習，每天持續地靠近，每天都做好準備。

為自己所選擇、所愛、所願意付出的那件事，慢慢走、持續地走，直到你終於找到自己的聲音，直到你成為那個相信自己，並且願意陪伴自己一直走下去的那個人。

對我來說，當我可以靠著喜愛的工作生活下去，每天想到要工作只有開心跟熱情，就已經得到了真正想要的東西。

但是我喜歡跟讀者溝通，我希望我用心打造的小說世界，可以向任何人開放，任何人願意購買與閱讀，我都很感動。

當你真心熱愛，全力投入，當你心無旁騖，當你就像對待自己最愛最愛的人那樣地對待寫作，那麼你所經過的每一天都不會白費。你已經得到了這世上只有很少數的人才可以得到的獎賞，其他的東西或許會慢慢附加上來，但不要急，不要慌，給自己時間，慢慢成長。

我有一個心法，助我熬過一切苦難走到今天，就是：「不要跟別人比較。」不要跟別人比較，每個人有他自己的境遇。你只能活出你自己的一生。

不跟別人比，努力過好自己的每一天，專心面對自己的作品，寫出無論有沒有得獎，能不能賣座，都不會心虛的作品。並且持續在作品裡追求成長，讓你的生活不要蒼白，不要虛無。因為寫作之心就像生命的蕊心，當它被你點燃時，不要一次燒光它，要慢慢讓它持續點燃，這生命之蕊是只有你才能點燃，才能守護，才能持續燃燒的。

得意也好，失意也好，隨著時間經過，那都會變成人生一瞬，有時是一瞬之光，讓你永難忘懷，有時是一時的黑暗，讓你無比痛苦，但光燦與暗黑，誰能說哪個對生命更好呢？黑才能襯出光的亮，而光也才能反照出黑的深邃。

最美好的，還是回到書桌前，耐心地，忠實地，懇切地，誠實面對自己的書稿，又是新的一天了，又是新的一章或者新的一篇，新的一本書，這一天，但願我盡心盡力，沒有辜負自己。

我想鼓勵所有持續在寫作，但可能還沒有得到掌聲或獎項或補助的朋友，只要那是你真心想要，衷心的追求，對自己好一點，不要因為一時的成敗而喪氣。難過或失落都很自然，去接受它、安慰它，相較於接下來的一生，那只是很短暫的一瞬，哭一哭，罵一罵，唉一唉，還是要打起精神，過好每一天。

去追求更長久的志業，去走更寬遠的道路，去嚮往更值得你嚮往的，內心的聲音。

一切努力都不會白費的。

祝福每個心中有所追求的人。

為你點一盞燈

我們之所以努力寫小說，不是因為它很簡單，而是因為它很困難，而我們想要透過這一件困難的事，把自己的所有力量實現出來。每當你完成一本書，你感覺自己好像都蛻了一層皮，很多原本沒有的東西長了出來，你幾乎成為了一個新的人，所以寫小說才變得那麼迷人。

輯三：

自由工作者接案指南

如何規畫工作量？

在臺灣所謂的專職寫作，大多數的收入不是靠寫作，而是靠與文字相關的接案或兼職工作，以及各種創作補助。也因此造成很多年輕創作者對金錢產生不安全感，有工作就接，有補助就盡量申請，結果是工作良莠不齊，忙的時候忙到快無法喘息，閒下來又覺得恐慌。拿到補助很開心，結案的時候很痛苦，好不容易寫完稿子，又要立刻進入申請案子的準備，永遠沒有時間把手上的作品好好修改，以至於可能好幾年都沒辦法寫到滿意可以出版。雖然不是上班族，卻弄得比上班還累，而且心裡上永遠都是慌慌的，覺得無依無靠，也不知道未來在哪裡。

我是二〇〇二年到臺北時，身上只有幾萬塊，付完房租跟押金就沒錢了，當時我也是靠著申請補助跟接案過活，這樣的生活過了好久好久。但是接案沒有影響我的創作，二十年過去，我交出了近二十本作品。因為在接案與自己的創作間，我總是先把寫作放在前面。

我很早就有一種覺悟，一年要給爸媽十萬，自己生活費二十四萬，等於我得賺三十幾萬才能打平，但我就抓三十幾，也不求多，因為我很清楚我是來臺北寫小說，而不是來當打工仔，兼職接案都是我求生的方法，不能倒果為因。

首先是抓好心態，不管什麼工作，要把可以準時做完當作前提，行事曆很重要，每個月可以做多少工作，自己要有拿捏，我的前提是每週可以寫四到五天的小說，所以可以外出演講評審或採訪的時間大概就是兩到三天。有些工作可以在家裡完成，但那也是要我寫完小說後的時間。評估下來，一個月演講評審不能超過四個，採訪工作需要先讀資料，採訪，然後寫稿，是最耗時的。接案前先談好酬勞，理解了採訪工作要花的時間，就可以抓出寫一篇稿子大約要多少時間，以及多少酬勞才合理，不合理的案子盡量不要接。

先把工作量算出來，遇到大月工作多，有些大案子金額高，一案抵好幾案，這時候可以稍微堅持一下，加點班把工作完成。但是一做完這些案子，就要讓自己收手，不能無止盡地加量，因為自由工作，怎麼做都會覺得沒安全感，必須清楚掌握自己一年需要多少生活費跟存款，只要賺得到這個量，剩下的時間就應該省下來寫自己的作品。因為自己的作品才是真的可以留下來的，是你將來的資產。

我每年不管有沒有出書，都會給自己幾個月時間休息，但不是真的在休息，那個時間我都拿來收集資料、田調，以及比較認真地賺錢。有時是長篇已經寫完初稿的冷靜期，有時是已經完稿等候出版的時間。我寫作一向有計畫，所以可以清楚知道自己未來一年大概可以怎麼規畫工作時間，不會有工作就接。我知道每年幾月到幾月我可以多接一點工作，什麼時候我就要閉關寫作，閉關時除非長期合作以及特別重要的活動，否則我一概不接。

理性評估工作，並且必須了解自己的性格。

有些人非到最後關頭才能寫出稿子，這樣的人就不能把太多工作疊在一起，倘若真的不小心撞期了，也要讓自己一件一件理出頭緒，逐一完成，才不會弄得生活大亂，工作品質不好，影響到聲譽。

把生活節奏控制好，也是自由工作者必備的好習慣，在自由的前提下，給自己好的節奏，才能享受自由的好處。我的工作時間跟睡眠時間都有清楚的規律，不管多忙，我盡可能不讓自己熬夜，每天睡飽八小時，是我工作效率高的祕訣。不管是為了寫小說，或是為了接案，確保了一定的睡眠跟休息時間，不管多累，都不至於身體或精神崩潰。

把工作量跟時間分配好，把睡眠跟休息的時間找出來，才有可能控制工作的品質，而且不要忘記自己是為了寫作而接案打工，不是為了接案才辭掉工作，這個先後秩序要謹記，才有可能在接案、爭取補助，以及自己的寫作之間達到平衡。

最後一個就是補助案，不要為了拿補助而做，最好是找自己喜歡、關注的主題，為了寫一本書而開始投補助，這樣一來可以比較容易拿到補助，二來真的拿到了，也不只是一筆錢，而是生活費加上一本書。補助拿到的錢也要算在計畫裡，你拿到了補助，就要減少接案的頻率，因為還要把寫稿的時間算進去，讓自己在期限內完成，並且保留修改的時間，一兩年後，作品完成了，拿到補助才對你的寫作有真正的幫助。

沒有固定收入的人，總是害怕沒有下一個案子，但我自己的經驗告訴我，不要怕沒案子，人家會找你，不是因為你好講話，也不是因為你人很好，而是因為你的作品、你的名氣，以及你的信用。不管是邀約、接案、補助，或者自己的寫作，每一件事都做到不愧己心，但也不要無窮無盡地追求完美，給自己期限，也給自己彈性，才能走得長遠。

拒絕不合理，不想接的案子，只要你好好回信，就不會得罪人，因為邀約總不會非你不可，因為我們是寫作者，接案只是為了生活，而不是主要生計。要改變自己想法，你是有選擇權的，你要適當地評估，當一個邀約來了，本來就有答應與不答應的選擇權。當你工作量已經夠了，你就要適當地拒絕。當你寫出越好的作品，當你的文學成績真的可以拿出來了，你自然就會有邀約，你就可以得到合理的報酬。

不要低估自己，也不要過度焦慮，這本就是一條不會賺大錢的路，當你踏上了，就有吃苦的決心，但這個苦是我們自願吃的，當然我們也可以有所選擇，所有的工作都是一個認識自己、理解自己，並且讓自己成長的機會，帶著這樣的信念，審慎地評估工作，全面地整理自己的生活，讓自己一年一年都有在作品上的進步，你既保住了生計，也維護了寫作的時間，那麼，辭掉工作才有意義。

適當地拒絕，審慎地選擇，接到工作好好地完成，最後不要忘了自己為什麼辭掉工作變成一個自由工作者，你是為什麼才選了接案的生活，永遠都要記得回到創作裡，這才是你的底氣，是你可長可久的志業。

為你點一盞燈

把工作量跟時間分配好，把睡眠跟休息的時間找出來，才有可能控制工作的品質。而且不要忘記自己是為了寫作而接案打工，不是為了接案才辭掉工作，這個先後秩序要謹記，才有可能在接案、爭取補助，以及自己的寫作之間達到平衡。

自由接案注意事項1：代筆、採訪、專題報導及演講座談

二〇〇二年決定要來臺北工作之後，我就發了一封信給幾個合作過的媒體跟出版社，說我要到臺北定居了，如果有合適的工作機會可以找我。

我人一到臺北，就接到了第一個採訪工作，我印象很深，是採訪一個畫家，稿費一字兩元，我寫了六千字。但那次工作是我很喜歡的，讀資料也很愉快，跟受訪者談得很投契，感覺增廣了見聞，也為初到臺北的生活開啟了想像。

我搬完家，就開始寫國藝會補助案，那時我提的是短篇小說，因為剛好手上有新的作品，就可以嘗試寫稿，在那之前我申請過一次補助，雖然延

長了一點時間，但結案後很快就出版了，那是我的第一本長篇《惡魔的女兒》。

後來補助案通過了，雖然只拿到預期一半的錢，還是不無小補，立刻讓我在臺北的生活費有了幾萬元。後來陸續有一點演講，還有文藝營授課等，幾千幾千的收入。當時大部分的時間都在寫申請案的短篇小說，我也準時寫好了。結案有收入，出版書又有版稅，第一年總算是熬過來了。

那一年下半年，我接了生平第一個代筆自傳，拿到五萬元訂金，那時是採訪一個藝人，說實話我沒寫過自傳，也沒當過代筆作家，但是為了錢，覺得可以試試看，採訪五次左右，她就說不繼續合作了。當然訂金是不用退回的。但也讓我理解到我可以當代筆作家。

二〇〇三年，我又接了一個自傳的代筆，這些工作我覺得都是我那封寄給出版社跟媒體的信帶來的，「什麼工作我都可以試試看。」我記得信裡我曾經這樣說。

第二個傳主家世很傳奇，為人又慷慨，一口氣付了十萬元訂金，我真的很開心。不過寫自傳比我想像的更難，訪談次數無窮無盡，幸好對方故事很多，人也很好，我們還因此有一段時間成了親近的朋友，因為這個緣故，我也見識了某種有錢人的生活圈，對後來的寫作很有幫助。半年後我寫了八萬字初稿，但對方決定不出版自傳了，我把稿子交給她。她說，好像寫出來就覺得夠了，不用給別人看，這本書是對我自己的一種療傷。某個程度來說，對我也是一種鎮魂作用，我越來越相信自己不會餓死，我的寫作能力可以兌換成各種文字能力，我只要想做，就做得到。

我沒想到接案生活會那麼順，自傳還沒寫完，當時剛成立的新報紙找上了我，說要寫旅遊稿，而且不是一般的旅遊報導。十四天的旅程，只要每天寫兩千到兩千五百字，加上照片十張。國家隨你挑，但是要五天內立刻出發。現在回想起來，稿費大概是一字三元。因為急著用錢，而且覺得免費出國很新奇，當場就簽約了。那時候我連數位相機都沒看過，一天內在報社學習使用電腦連接網路，以及數位相機操作，還有如何把大檔案的照片傳回公司。因為每天要見報，根本不能延遲，我在資訊部門跟工程師學了好久，然後提著相機跟筆電就回家了。

到了國外才知道，我住的飯店網路太慢，拍的照片傳不過去，接下來每天我都得去網咖工作。

每天寫兩千字，看似容易，實際上做到卻不容易，因為白天都在採訪，我回到飯店就是寫稿，寫完稿子才睡覺，第二天早上先去傳照片跟檔案，那時代網路不發達，都得花上一兩個小時，但有趣的是，我因此跟網咖店的女生熟了起來，她還帶我去她老家參觀火葬儀式。

後來報導完成回到臺灣，主編說，我的文章是所有作者中完成度最高的，根本不需要編輯修改，我拍的照片不太好，但反而有素人拍照的感覺，很有真實性。老闆讓我立刻再去一個國家，我就問可以加薪嗎？因為算起來實在很累。公司也很爽快，立刻加了三萬元。

我去了兩個國家，因為差旅費全免，除了必須拍照的道具，根本沒有購物，一個多月以後，我又存了一些錢。

事後我問主編，為什麼我可以接到兩份工作，她說因為我交稿準時，寫稿水平又高，而且沒有浪費錢。會計說，陳雪的核銷內容很有趣，吃得很省，也沒有什麼特別的花費。他們給的生活費我還剩下很多。主編跟我說，不是公司計較那些錢，而是覺得妳真心在報導，而不是拿公司的錢出去玩，她覺得這些心態很重要。

這時候我就建立了好的信用跟商譽。後來旅遊版一直在改版，但我陸續又接到幾次採訪工作，稿費也都給得很合理。

寫旅遊稿賺到的錢讓我安頓了好一陣子，我專心地寫我的長篇小說《橋上的孩子》，我大概花八個月的時間就寫完，於二〇〇四年出版了。

二〇〇二到二〇〇三年就這麼過去了，我還活著，而且手上開始有一點存款了。

出版《橋上的孩子》是個契機，書沒有大賣，卻為我帶來了文學獎的評審。那時候我在文壇沒有認識多少人，但好像「陳雪正在苦哈哈地專職寫作，而且她很認真寫」的印象傳出去了，那一年我開始接到一些校園跟報社的文學獎評審，當時我還年輕也不太懂行情，反正工作來了我就接，每一件工作我都做得又快又好，有些合作對象到現在都還在合作。

那時我已經在寫《陳春天》了。《陳春天》出版後，我就非常穩定地每年都會接到足夠生活的工作了。作品是很重要的，它就是你的名片。

早些年，各種演講、大小評審、奇妙的邀稿、特殊的案子，只要沒有低於行情價，我都接。有時碰上去南部，我還會把工作湊在一起，我會跟主辦單位協調，這一家出機票，那一家出住宿，這樣分攤下來，我可以爭取到比較好的交通條件，那時候要快就是要搭飛機，機票很貴，但是兩三個單位一起負擔，就可以成立。當然也有遇到去南部出差但只能搭客運或火車的，當時還沒有高鐵，但是我因為長期送貨很習慣搭長途車，車上我還能看影片，或看書聽音樂，不以為苦。

有工作我就好好做，其他時間我都在寫小說。

我雖然接很多工作，但幾乎不曾為了接工作跟誰社交，我沒有想過可以這樣，也沒心思這樣想，當時的我有時間都要寫小說跟工作稿，根本沒有多餘時間去應酬。可是說真的，沒有應酬，沒有認識有力人士，我照樣接得到工作。或許別人因為人脈得到比我更好的工作，但是我不在乎，我只做我想做的，用我想要的生活方式去生活。我認為工作效率、完成度，以及我的專業能力，比人脈重要，我就這麼做，這就是我的風格。所以無論做什麼工作，我很少後悔，也不會跟合作對象不愉快，甚至有些合作對象我根本沒見過面，都是郵件跟電話溝通，但也合作了很多年。我當時的想法是，我要讓每個人合作過的人都知道，工作交給陳雪，可以很放心。我相信這一點我做得很好。

直到今天我都還是這種想法，把工作做好是最重要的，不用花時間拉關係，搞人脈，我們沒那個時間與心力。不要走捷徑，也不需要捷徑，你的專業能力帶給你的就是專屬於你的路。

我交稿準時，稿子完成度高，編輯不用費心催稿，不用幫我改稿，我寫專欄也是如此，年復一年，從不拖稿。我曾有過因為太早寫好而忘了交稿的紀錄，但也是編輯來信我就立刻補上了。因為效率太好，有時別人拖稿了，我還可以幫忙救火。

所謂的工作信譽，就是這樣建立的。我當時還是新人，工作量不會大到無法負荷，但我接工作前都會先抓好完成需要幾天，不會讓自己超額接案。

我雖然跟合作對象都合作愉快，但我也不會濫好人接不合理的工作，因為對我來說，就事論是很重要，加上我平時很少跟合作對象有私交，所以也不會被凹。接到工作時不會立刻答應，不管是郵件或電話，我一定會說，請讓我回去看行事曆。

回信時，第一件事就是先問清楚，工作性質、酬勞、所需時間、交通費，我在這裡舉例如下，我的信都比較簡單，大家可以自行加上柔性用語：

寫手、自傳或採訪或專題報導：

你好，謝謝邀請，想請問專案執行時間大約多久、酬勞如何計算、總字數大約多少，以及交稿方式。另外是否有差旅費，外縣市可否提供住宿費用，實體開會的話可否付交通費？交通費是否實報實銷？

代筆工作比較複雜，一本自傳完成至少要半年，實際採訪時間也很難事前預估，大的專案也是如此，我的建議是先簽合約，並且拿到訂金，這樣才不會當你做了很多準備工作，對方卻說計畫不實施了，就會很傷。訂金的部分看合作對象，我的條件是至少拿到四分之一。

這種文字工作很吃力，但如果接到好的案子，收入可能會達到一二十萬以上，就可以安心一段時間，所以在稿費的爭取，以及工作方式的彼此認定上要格外用心與當心。

至於稿費如何計算，可以看工作的規模，像是採訪需要的前置作業，跟實際施行時間等等。要注意的是特別短如兩千字，以及特別長如十萬字的稿費，短稿一千五兩千字，如果只有一字兩元，做起來就是辛苦而不划算，最好爭取到一字三元以上。十萬字的話，要注意的就是容易遇到被退稿，或者辛苦寫完對方不滿意，需要一再修改的狀況。可以跟對方協議改稿以三次或五次為限，第一次交稿時就爭取一定比例的付款。

寫手的工作五花八門，像我當初接的旅遊稿或什麼汽車旅館、餐廳等的介紹，幾乎都會先簽約。去國外旅行的稿子我一開始就拿到酬勞，這算是特例，汽車旅館的案子要注意的是，你必須先墊差旅費，四天三夜下來包含旅館費用是一筆不小的開銷，所有單據都要收齊，最好連吃飯、叫車、高鐵火車等等都收集好，到時候報帳才不會有損失。

如果對方不願意簽署合約，也可以簽一個簡單的合作備忘錄，裡面的內容可以自訂，除了酬勞報價以外，最重要的是如何付款，有些工作是要等到書出版了才付錢，那一定要先拿訂金，最好還可以談到階段性付款，以免工作到最後因為出版的問題而影響到付款。

演講座談邀約：

你好，謝謝邀請，麻煩給我以下細節：演講時間、地點、主題、演講費用、車馬費。車站轉計程車可否報銷？如果沒有辦法，可否派人來接送？

我再評估可否參加，謝謝你。

我的信大概就是這麼短。問清楚車馬費真的非常重要，有時你接到四五千的演講，但沒有車馬費，結果就差很多。尤其現在高鐵費用很高，而且高鐵站離市區往往很遠，幾百塊計程車費跑不掉，不管單位如何經費有限，交通費都是可以申報的，如果交通費不能申報，那真的推掉不可惜。

另外，如果你同時有兩個工作要去相近的地點，也可以問其中一個單位交通費可否直接支付，不用單據核銷，如果可以直接支付兩千元的車馬費，那麼酬勞就等於多兩千。有很多民間單位會願意為老師這麼做，因為知道一趟路舟車勞頓，多兩千車馬費就算是補貼老師的辛苦。當然這因人而異，未必都可行，但可以問問看，問問無妨。

下一篇我們再來討論文學獎與其他工作。祝大家都接到好工作，也成為一個好的合作對象，成為快樂的接案者。

為你點一盞燈

把工作做好是最重要的，不用花時間拉關係，搞人脈，我們沒那個時間與心力。不要走捷徑，也不需要捷徑，你的專業能力帶給你的就是專屬於你的路。

自由接案注意事項2：文學獎評審與其他工作

職業寫作多年，我擔任過各種大大小小的評審，各大報系文學獎、校園文學獎，還有一些特殊單位或私人團體的文學獎。大致可以這麼分，大報或者政府單位主辦的文學獎規模較大，投稿件數較多，酬勞當然也比較高。評審分為初審、複審、決審，校園文學獎大約都是由校內老師擔任初審，作家擔任複審或者直接就是決審。有些特殊單位會用件數來給付酬勞，但我遇過一次比較特殊的情況是，當初說好的單件多少錢，最後才發現是三位老師來平分，這個是連主辦單位也沒有搞清楚的，所以問酬勞時最好要確認清楚是否就是一位老師的評審費用。

大部分文學獎都是需要出席評審會，所以可以留意的是，除了評審費，評審會議有沒有出席費或者交通費，外縣市的活動要格外留意。另外有些會議時間會拉得很長，事前也最好問清楚。

文學獎或其他評審回信如下：

謝謝邀約，想請問稿件數量、評審時間，以及是書面審或需要現場講評。如果是初複審，請問出席幾次、評審費用、車馬費，以及是否有來回高鐵站的計程車補助，沒有補助的話可否派人接送。

另外請問是否需要寫評語，如果要，大約多少字。

稿件數量比價錢更重要，因為同樣的價錢，二十篇跟三十篇，一百篇跟

兩百篇，差距很大，很多單位不會先計算，但我覺得問清楚才方便評估要不要接、工作量能否負擔？我曾遇過一開始說有一百篇，結果收件變成兩百篇，但費用並沒有增加，這當然跟來稿數量有關，可能主辦單位也無法預估，所以我會加上一條但書，如果數量超過一定比例，希望依照比例增加評審費。如果對方無法答應，那你就要自己評估看看願不願意接受。

有一次跟主辦單位來回交談了幾次，原本對方不太高興，但我很理性地跟他說明，稿件多了一倍，但費用卻是一樣的，這樣對評審老師不公平，而且讀稿時間被壓縮，我也無法好好完成工作。最後總算達成共識，我把稿件退回，他們另找其他老師評審。後來那個單位還是有找我去做其他合作案，也沒有因此傷了和氣。

問清楚數量以及工作時間、酬勞，將會決定這是否會是一次愉快的合作。我多年接案心得是，事前問得越清楚，事後大家越不會產生誤會。

討生活不容易，大家都希望把工作做好，問清楚工作內容，到時候妥善完成，事後彼此都不會有怨言，皆大歡喜。

有些朋友可能會問，如果問了條件，結果待遇不理想，要怎麼拒絕？

我自己有兩種方式，第一是委婉拒絕：「謝謝你的邀請，但因為行程安排無法配合，所以這次不能參加，希望下次有機會合作。」另一種是直接闡明：「謝謝邀請，我很有興趣，但酬勞部分我希望可以提高，請幫我爭取看看。如果沒辦提高的話，我就無法參與了，謝謝你，希望有機會合作。」

我不知道主辦單位看到這些信會有什麼感受，被拒絕可能感受還是不好吧，但是，邀約就可能會被拒絕，這是雙方都要有的心理準備。我的處理方式就是盡量實話實說，不能實說，至少我也不違背自己的心意。不過我不會把話說死，這次不能合作，將來或許還會碰頭。

我覺得勉強自己參與，事後再來後悔或抱怨，只是徒增心理負擔，不如一開始就把話說清楚，把條件談好。如果都問清楚了，自己也願意接了，就好好去做。

二〇一二年之後，我的工作量大增，那時起我就採取以價制量的方式，對於演講跟評審，我給了自己新的標準，提高基本酬勞。這樣的好處是，我可以過濾掉比較低價的活動，給自己更多時間寫作，這不是勢利眼，本來我的正職就是寫小說，接案子只是為了賺錢，用酬勞過濾工作天經地義，沒有對不起誰。

當然我也有接公益沒有酬勞的演講或邀約，但我很清楚那是做公益，如果明明是演講，卻不說明價錢，到時候推說經費不足，請多多見諒，我覺得這是不專業的做法。很多公益團體邀約，都會開宗明義讓你知道這是公益活動，沒有費用，大家自行決定。

最怕的一種是朋友邀約，希望給友情價，我覺得這要看你跟對方是否真是朋友？你是否有時間？對方如果費用不夠，那麼可否幫你宣傳新書或舊書，甚至在校園內幫你跟書店合作，現場銷售作品，甚至要求學生都先買書或看過書，這些很重要，實際上的買書，可能比演講費更重要。總之，如果他是朋友，金錢上無法到位，那麼就要看他的用心。有些單位只能給公定價，但學生來得多，或者宣傳很用心，還會為講者做很好的簡報與宣傳，事前對你的作品也很了解，來的很多是讀者，這樣的合作對象即使只有公定價，我也很樂意去參與。有些作家朋友出新書，友情站臺，有時間我也很樂意，不會特別在意酬勞，但我發現往往會給酬勞的出版社，對行銷作家書籍也特別用心。

舉辦活動的單位可以這樣想，如果經費不夠，就用心去做，讓老師感到受尊重，如果經費充裕，就盡量為老師爭取。

我曾經去許多獨立書店演講，酬勞並不高，但過程是美好的，書店老闆懂書，店裡有很多愛書的客人，即使來的只有二三十個人，但聽眾很認真，買書的機率很高，這樣的互動是最理想的。

我不是大小眼，而是工作勞碌，時光寶貴，我希望我接的工作可以為我的寫作以及生活帶來好處，我希望我可以開心地去工作，並且好好地完成。我希望自己做每一件工作都不會後悔，沒有怨言。我希望大家都可以長期合作，畢竟都是為了把工作做好而努力。我不知道是不是有人會覺得陳雪老師很在意錢，我是很在意，也不怕別人知道，因為我夠專業，我值得。

很多人會想，我還沒有名氣，可能不方便問價錢，人家會笑我。

我覺得這是迷思，不管是誰，都可以先問清楚工作性質跟價錢，這跟名氣無關，反而覺得這是專業態度。自己的專業，希望對方尊重，對方的專業我們也尊重，所以最好在第一封信就好好講清楚工作性質、所需時間，以及報酬跟車馬費。

我建議現在很多在學校或單位負責接洽活動的學生以及負責人好好思考這一點，與其在信中百般讚揚老師的重要，花幾百字說自己多喜歡老師的作品，不如先專業地好好把工作性質寫清楚，把酬勞細節一併告知，對待喜愛的作家不是更應該免去老師自己問酬勞的尷尬嗎？這是真的，這些作家老師放下手中的寫作去演講、評審，除了賺錢也是一份對於文學的愛，那麼你更該為老師好好爭取更好的條件，讓老師有一次美好的合作經驗，那不是對作家最好支持嗎？

我有過很多次爭取增加酬勞的經驗，我深知，酬勞這種事並非一成不變，有時可以變通，甚至專案處理。我們要的也不是什麼天價，一場演講，準備至少要兩三個小時，交通又幾個小時，演講又兩小時過去，那一天也別想寫小說了，等於一整天下來只賺四五千，這樣貴嗎？我知道很多學校是公定價，動不了，那就請好好幫老師宣傳，努力爭取車馬費跟計程車費，準備好吃的便當或餐盒。

我真誠地建議所有自由工作者，接到案子時先別急著答應，想個兩天，問清楚酬勞、工作性質、所需時間，以及車馬費等細節。如果覺得不想接，不用費心找藉口，就說因為有工作了，無法參加。或者直接說，因為那段時間在趕稿，不方便參與。不用怕得罪人，不要勉強自己，有時我遇到真的很不合理的價錢，我會告訴他們，其實你們這個價錢有點低於行情，可能要再重新計價，不然很難找到老師。當然我也發現很多我覺得不合理的價錢，別人還是接了，我覺得這也很好，總是有更佛心，或者有專職，不差這點錢的老師。凡事不必非我不可，找合適的老師，會比勉強不想去的老師去，達到更好的效果。

我這些看似斤斤計較的建議是給生活費在貧窮線以下，為了生活而苦苦掙扎的創作者。生活已經夠苦了，一定要更珍惜自己，不管錢多錢少，千萬不要傻傻地什麼都沒問就接了，事後懊悔、生氣、埋怨，都是增加自己的心理負擔，徒增對世界的反感。倒不如一開始就問清楚，像我一開始就建立很好的習慣，我會問價錢、會問工作量，合則來不合則去。我不缺錢或趕小說的時候，會以價制量，我比較清閒或者缺錢的時候，可以比較寬鬆地接案。我自己心裡有把尺，什麼事都可以商量，但講清楚是最好的方式，所以我最後接到的工作都是我心甘情願去做的。我不用浪費時間在心裡糾結，事後懊悔，我把寶貴的時間都拿來讀書跟創作，這樣多好。

我們是創作者，不管是哪一個專業的自由接案者，都希望接到好的案子，但你得先心裡有底氣、有真的實力。你知道自己身價會隨著專業越來越提高，你就不能做自毀身價的事。好好接案，也好好創作，讓你的專業隨時間成長，在業界名聲好、成績佳，你的案子越來越多，就可以更從容地挑選，凡是可以經過挑選的階段，自然可以提高身價，可以做少量的工作也達到理想的收入，這是大家都期望做到的，但你就是得確實地去做。保護自己，愛重自己，才會遇到愛重你的人。

最後記住一句話，拒絕不想要的工作不必有罪惡感，只要好好地回絕，不要擔心會得罪人，我們只要好好寫作，好好工作，你的專業跟你的作品會保護你。相信自己值得更好，就從自己開始做起，今天起，好好回一封邀約信吧。好好把你行事曆上的工作整頓一下，從今天開始，做一個快樂的接案人，讓案子養你的創作，持續創作，直到有一天，你的創作會回過頭來保護你、養護你。好好努力，走你真正想要、喜歡，也擅長的路，那一天會到來的。

為你點一盞燈

我不是大小眼，而是工作勞碌，時光寶貴，我希望我接的工作可以為我的寫作以及生活帶來好處，我希望我可以開心地去工作，並且好好地完成。我希望自己做每一件工作都不會後悔，沒有怨言。

www.booklife.com.tw

reader@mail.eurasian.com.tw

天際系列 011

寫作課：陳雪給創作者的12道心法

作　　者／陳雪
封面設計／張巖
發 行 人／簡志忠
出 版 者／圓神出版社有限公司
地　　址／臺北市南京東路四段50號6樓之1
電　　話／（02）2579-6600 · 2579-8800 · 2570-3939
傳　　真／（02）2579-0338 · 2577-3220 · 2570-3636
副 社 長／陳秋月
主　　編／賴真真
責任編輯／吳靜怡
校　　對／吳靜怡 · 歐玟秀
美術編輯／蔡惠如
行銷企畫／陳禹伶 · 朱智琳
印務統籌／劉鳳剛 · 高榮祥
監　　印／高榮祥
排　　版／莊寶鈴
經 銷 商／叩應股份有限公司
郵撥帳號／ 18707239
法律顧問／圓神出版事業機構法律顧問　蕭雄淋律師
印　　刷／祥峰印刷廠
2023年7月　初版
2023年7月　3刷

定價 400 元　　ISBN 978-986-133-881-1

但願有一天，我也可以成爲他們那樣的人，可以挽救別人於危難之中，可以無私地去愛那些最需要的人，這世間有這樣的愛，可以照亮最深的黑暗，照亮絕望的眼睛，因而可以生出美麗的作品，那就是文學。

——《寫作課》‧陳雪

國家圖書館出版品預行編目資料

寫作課：陳雪給創作者的12道心法／陳雪著. -- 初版. -- 臺北市：圓神出版社有限公司, 2023.07
208 面；14.8×20.8公分 --（天際系列；11）

ISBN 978-986-133-881-1（平裝）
1.CST：文學　2.CST：文學理論
810.1　112007203